ルミッキ

黒檀(こくたん)のように黒く 3

サラ・シムッカ
訳　古市 真由美

西村書店

だれかを愛しているすべての人に
たったひとりでいるすべての人に

MUSTA KUIN EEBENPUU
Salla Simukka

Original edition published by Tammi Publishers

Japanese edition published by agreement with
Tammi Publishers and Elina Ahlback
Literary Agency, Helsinki, Finland and
Japan UNI Agency, Inc., Tokyo, Japan

Printed and bound in Japan

目次

タンペレ市内地図

タンペッラ地区
ナイステンラハティ通り
ラッピ通り
ユフラタロ通り
タンメラ地区
タンメラ広場
タンメルコスキ川
タンペレ駅
ストックマン・デパート
中央広場
ハメーンシルタ橋
コーヒーハウス
ユリオピスト通り
ソルサプイスト公園
タンペレホール
カレヴァ通り
警察署
長距離バスターミナル
カレヴァンカンガス墓地
ハウタウスマー通り
リーヒマキ、ヘルシンキ方面

アイスランド
フィンランド
タンペレ
ノルウェー
ヘルシンキ
ロシア
スウェーデン
エストニア
デンマーク
英国
ドイツ
ナシヤルヴィ湖
サルカンニエミ
遊園地
パラツィンライティ橋
ナシリンナの館
（ミラヴィダ）
ムスタラハティ
（マリーナ）
ナシンカッリオの丘
タンペレ市立
中央図書館
ハメ通り
アレクサンテリ教会
展望台
ルミッキの高校
パロマキ通り
ピューニッキ
の丘
ナコトルニ通り
1：20000
0
500
ピュハヤルヴィ湖

ずっときみを見ていた。

きみは気づいていないが、私はずっときみのことを見ていた。きみの仕草や表情のひとつひとつを見つめていた。きみは、目立たず、人の注意を引かずに行動していると思い込んでいるが、私はきみがしたことのすべてを心に留めている。

私はほかのだれよりもきみのことを知っている。きみ自身よりもよく知っている。

きみのことなら、私はすべて知っている。

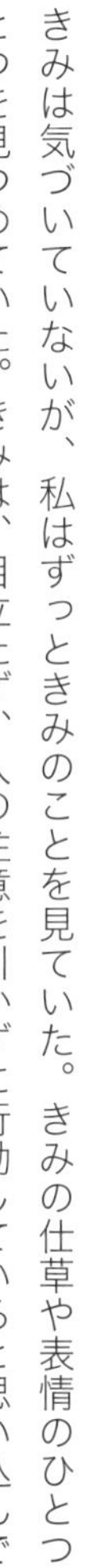

12月8日

金曜日

1

視線を感じて、ルミッキは目を覚ました。

視線は熱気を帯びている。熱い視線。肌にも心にも火をつける。ルミッキにとっては知りつくしているまなざし。ライトブルーの目、氷と水と空と光の色をした目。いま、その目は真剣な表情を浮かべつつも、微笑(ほほえ)んでいる。手が伸びてきてルミッキの髪をなで、頬(ほお)をなぞり、軽くいとしげに肌をまさぐりながら首へと滑り落ちていく。欲望が腹部に突き刺さり、やがて下半身へ広がっていくのを感じる。欲望の力はあまりに強く、いま感じているのがくらくらするほどの快楽なのか、それとも苦しいほどの痛みなのか、わからなくなる。一瞬のうちに、ルミッキは受け入れる用意ができていた。リエッキになにをされてもいい。ルミッキはすべてのことに対して、文字どおりあらゆることに対して、心身を開け放っていた。ルミッキはリエッキを心から信頼し、リエッキのすることはすべて、喜びしかもたらさないと知っていた。ふたりとも、相手に最高のものだけを与えたいと望み、だからこそ相手を幸せな気持ちにすることができた。最高のもの以外、与えたくはなかった。

リエッキは片手でルミッキの首に軽く触れたまま、じっと見つめつづけている。ルミッキはもう自分の体が濡れて脈動しているのを感じている。呼吸が速まっていく。リエッキの指の下で首筋の血管がどくどくと脈を打つ。顔を寄せてきたリエッキは、唇をルミッキの唇に触れるか触れないかというあたりまで近づけてきて、じらすように舌先でルミッキの下唇をなぞったが、まだきちんとしたキスはしてくれない。ルミッキは、両手でリエッキの顔をとらえ、その唇をむさぼりたくてたまらなくなるが、必死で我慢する。とうとうリエッキが唇を軽く押し当ててきて、リエッキにしかできない有無をいわさぬやりかたでキスしはじめる。声を出すことができれば、ルミッキはうめいていただろう。ルミッキは目を閉じて、自分は無条件降伏したのだと考える。

ふいにキスの雰囲気が変わった。よりやわらかく、より優しい、もっと手探りするようなキス。もう、リエッキのキスではなかった。ルミッキが目を開けると、キスしていた相手はわずかに身を引いた。ルミッキはその目をまっすぐにのぞき込んだ。

茶色の目、人なつこくてほがらかな目。

サンプサの目だ。

「お目覚めかい、いばら姫」

そういって、サンプサはもう一度キスしようと身をかがめてきた。

「古くさいネタね」

ルミッキはこわばっていた両手を伸ばしながらつぶやいた。

「少なくとも百年は経っているよね」

サンプサが笑うと息がルミッキの首筋にかかった。くすぐったい。心地よかった。

「実際にはもっと古い話なのよ。フランスのペローが、民間伝承をもとに自分なりの『いばら姫』を書いたのは十七世紀、ドイツのグリム兄弟のほうは十九世紀。でも、物語そのものはずっと昔から語りつがれてきたものだったの。このお話のさらに古いバージョンには、王子が姫を目覚めさせるのに優しくキスするんじゃなくて、はっきりいうとレイプするっていうパターンの話があるんだけど、知ってた？　でも、いばら姫はそれでもまだ眠ったままで、やっと目を覚ますのは双子を出産したときなのよ、その双子は……」

上掛けの中にもぐり込んできていたサンプサの手が、ルミッキの太ももを優しくまさぐりながら、少しずつ両脚のあいだへ近づいてくる。ルミッキは言葉を続けるのが難しくなってきた。夢に呼び覚まされた欲望がまだ鎮まらずにいる。

「レクチャーの続きは学校でしなよ」

サンプサはそうささやくと、さっきより強引に唇を合わせてきた。

すでにルミッキも、サンプサの唇と指のことしか考えられなくなっている。ほかのことを考える理由なんかないはずだ。ほかのだれかのことを考える理由も。

ルミッキはキッチンのテーブルの前にすわって、サンプサの背中を眺めていた。彼は、直

12月8日 金曜日

火式のエスプレッソ・メーカーでルミッキのためにエスプレッソの用意をしながら、もうひとつのコンロで自分用のココアに入れるミルクを温めている。サンプサの背中はきれいで、ほどよく筋肉がつき、堂々としていた。やわらかなフランネル地のパジャマはチェック柄で、いまはズボンだけを身につけているが、それが腰までずり落ちているので、お尻の上にあるふたつのくぼみが見えている。そのくぼみに親指を押し当てたい衝動を、ルミッキはこらえていた。

サンプサは、ダークブラウンの髪がくしゃくしゃになった微笑ましい姿のまま、なにかフィンランドの民謡をハミングしている。彼はヴァイニオという名のバンドのメンバーで、ちょうどいま練習している曲がこれなのだ。現代風にアレンジした伝統音楽を演奏するこのバンドで、サンプサはバイオリンを担当し、ヴォーカルもこなしている。高校のイベントで彼らが演奏するのを、ルミッキも何度か聴いていた。ルミッキが好んで聴く音楽の系統とは少しちがっていたが、スピード感にあふれた、明るくてエネルギッシュな音楽だった。このジャンルのバンドとして、彼らにはまちがいなく光るものがある。

十二月も半ばに近づいたいまの季節らしいみぞれが、キッチンの窓のガラスをびしゃびしゃと叩いていた。ルミッキは両足を椅子に載せてひざを抱え、あごをうずめた。ルミッキが暮らす哀れなほど狭いこの1Kで、感じのいい半裸の男子が、毎朝のようにいそいそとキッチンに立っている。こんな風景が当たり前のものになったのは、いったいいつからだったろう。

おそらく、すべての始まりは八月の半ば、高校の夏休みが終わって最終学年が始まったときだったのではないか。もっとも、新学期になってすぐというわけではなかった。なにしろあのころは、だれもかれもが、文字どおりすべての人が、ルミッキと話をしたがり、チェコの首都プラハでルミッキが人々を火事から救出したときの様子を聞きたがったのだ。プラハでは、とあるカルト集団が集団自殺を企てるという一幕があり、旅行でこの街を訪れていたルミッキは事件に巻き込まれたのだった。

英雄になるのってどんな気持ち？　有名人になるのってどんな感じ？　そこら中の新聞や雑誌に自分の写真が載ってるのを見て、どう思った？

事件については当然ながらフィンランドでも報道され、ルミッキが帰国すると多くの新聞や雑誌から取材の申し込みが殺到した。しかしルミッキは拒否した。

学校のみんなが好奇心に駆られてぶつけてくる質問には手短に答えるだけにして、やがてみんなも、ルミッキからそれ以上なにも聞きだせないとわかってつまらなくなったのだろう、この話題に触れなくなった。

サンプサがあらわれたのは、そんなときだった。もっとも彼は、ルミッキと同じ高校に最初からずっと通っていた。同じ廊下を歩き、同じ教室で授業を受けていた。だから彼の名前くらいはルミッキも知っていたが、その他大勢のひとりとしか思っていなかったのだ。

12月8日 金曜日

サンプサは学食でルミッキの隣の席を選んだ。授業が始まる前に話しかけてきたり、放課後は学校から中央広場までルミッキと一緒に歩いたりした。そうすることが、この世でなによりも自然なふるまいだというように。

ただ、サンプサはルミッキの世界に遠慮なくずかずかと踏み込んできたわけではなかった。ごく自然なおしゃべりが途切れたときは、無理に話題を作って会話を引き延ばそうとはしなかった。たまにルミッキが無愛想でつっけんどんな受け答えをしても、むっとした顔はしなかった。サンプサはただルミッキに話しかけ、人なつこくてあけっぴろげなまなざしをルミッキに向け、ルミッキのかたわらにいて、しかし気詰まりな雰囲気が生まれる前に立ち去ることを心得ていた。

サンプサは全身からこんなメッセージを発信していた――「きみになにか期待してるわけじゃないよ。ぼくはなにも望んでいない。なにも要求しない。きみはそのままでいればいい。ぼくはただ、きみと一緒にいるのが楽しいんだ。きみがぼくに微笑んでくれなくても、ぼくは自尊心を傷つけられたりしない。だけど、微笑んでくれたってかまわないよ」

ルミッキはだんだんと、サンプサがあらわれるのを待ち望んでいる自分に気づきはじめた。彼が隣にすわり、誠実な明るいまなざしでまっすぐに自分の目をのぞき込んでくると、心が温かくなった。なにかの拍子にサンプサと手が触れ合うと、お腹の中で軽やかな小さい蝶々(ちょうちょう)たちがダンスしているような感覚を覚えた。

ふたりは学校の外でも会うようになった。一緒に長い距離を散歩したり、カフェに入ったり、バンドのステージを観にいったり。ルミッキは、自分が優しい風に吹かれて舞う一枚の羽根になった気がしていた。風に舞い、ひとつひとつの出来事が起きる瞬間に向かって、ただ運ばれていく羽根。どの瞬間のどの出来事も、まったく自然で、当たり前のことのように感じられた。サンプサと手をつないだこと。十一月の暗い夜に交わした、ちょっぴり手探りするような、しかし温かな初めてのキス。初めて彼を部屋に泊めたとき、自分の髪や背中をなでてくれた手。サンプサはけっしてせかさなかった。ルミッキがまだ心の準備を整えていないことを、無理強いしてはこなかった。

そしてある夜、ルミッキの準備は整ったのだ。サンプサとの肉体的な触れ合いは、それまでに彼とふたりで体験したすべての出来事と同じように、心地よくて、安心できて、当たり前のことをしている感じがあって、そんな自分の感覚にルミッキはまったく驚かなかった。

ふたりが公認カップルになったのは、十二月に入ったころだったろうか。なにもかも、これでいい、とルミッキには思えた。ついにほかのだれかを愛することができた。リエッキの存在も、リエッキとの別れも、乗り越えることができた。丸一年以上という長い時間がかかったにしても。

リエッキは、女性として生まれた体を心の性別である男性に合わせるため、性別適合の処置を受けており、そのプロセスが心理的に最も過酷な段階に差しかかろうとするころ、ルミッキの前から去っていった。たとえ相手が愛するルミッキであっても、だれかと一緒にいる余裕がいまの自分にはない――リエッキはそういった。リエッキの出した結論は、ルミッキにはけっして理解できないものだったが、それを受け入れる以外の選択肢をリエッキは与えてくれなかったのだ。

けれどいま、ルミッキのキッチンにはサンプサがいて、ココアを作りながらハミングしている。その背骨のひとつずつに、ルミッキはキスしたくてたまらなくなる。

生きているってこういうこと。生きているってすばらしい。

みぞれが窓を激しく打って、何者かが押し入ってこようとしているような、ガラスにひびを入れようとしているような大きな音を立てても、ふたりの邪魔をすることはできなかった。

12月8日 金曜日

2

むかしむかし、ひとつの鍵(かぎ)がありました。

金属製のその鍵は、人の手のひらにちょうど収まるほどの大きさでした。つまみの部分には、ハートの形が巧みに刻印されていました。その鍵が作られたのは、一八九八年のことでした。同じ年に、ふたのついた、小ぶりな衣装箱も作られました。鍵はその衣装箱の鍵穴にぴったり合っていたのです。

それから何十年もの月日が流れるうちに、多くの人々の手で触れられて、鍵はぴかぴかに磨かれていきました。鍵に触れた最初の手は、これを作った鍛冶屋（かじや）の手でした。それから鍵は、衣装箱の最初の持ち主の手に渡りました。持ち主には七人の子どもがいて、子どもたちがかわるがわる鍵を手に取りました。そのころにはもう、あまりに多くの人の手が触れたため、鍵についている指紋がだれのものか、わからなくなっていました。

人の手が最後にこの鍵を使ったのは、十五年以上も前のことです。ふたりの人物が、かわるがわる、幾度も鍵に触れました。鍵はふたりの手に、実際の重さよりもずっと重たく感じられました。ふたりは鍵を衣装箱の鍵穴に差し込んで、まわしましたが、そのときふたりは、心にナイフを突き立てられ、ぎざぎざの鋭い刃をねじ込まれたように感じました。鍵が最後に使われたそのとき、塩気を含んだしずくが鍵の上にこぼれ落ちました。

そうして、鍵は隠されました。見えない場所に、ひとりぼっちで、打ち捨てられたまま、鍵は何年も何年も横たわりつづけていました。

けれどその鍵は、存在を忘れ去られたわけではなかったのです。この世には、鍵のことを毎日考えている人が、ふたりいました。鍵はふたりの胸に刻みつけられていて、いまでもふたりの心を真っ赤な鉄のように焼いています。もしも、ふたりの思いが鍵に光を与えるならば、そのまぶしいきらめきは、ずっと離れたところからでも目にすることができるでしょう。

むかしむかし、隠されている鍵がありました。

どこかに隠されているものはすべて、いつかは見つけだしてほしいという願いを持っています。おとぎ話でも、現実の世界でも、それは同じです。

鍵は待っていました。だれかの手に再び取り上げられて、衣装箱の鍵穴に差し込まれ、錠を開ける日が来ることを。辛抱強く、ひとつの場所で、なにもいわずに、鍵は待ちつづけていました。

もうすぐ、その日が来るでしょう。

12月8日 金曜日

3

ここは白雪姫（ルミッキ）の森。木々の枝が黒い影に見え、黒い影は枝に変わり、木々の根がヘビのようにくねくねと地上を這（は）いまわり、やがて地面の下にもぐって互いにからみ合い、目の細かい巨大な網をかたちづくる。地下にはさまざまな木の血管がはびこっていて、養分を吸い上げている。木々のあいだに広がる枝が、だれも見たことのない地図を描き、天に向かって数えきれないほど多くの線を突き上げていて、光はそのすきまをすりぬけることができずにいる。

森は影たちのたわむれであり、灰色の光と霧のダンスであり、かすかなささやきとため息、すぐそばをすばやく通り過ぎていく吐息、腕の毛を逆立てる吐息だった。森に潜む影の生き物たち、忍び足で動く肉食の獣たち、闇に生きるものたち、そのすべてが、ルミッキに歓迎のあいさつをしている。ルミッキは仲間のところへもどってきたのだ。

黒い闇が、ルミッキのまわりにも、体の中にも立ち込める。なつかしい闇、それでいて見知らぬ闇。森を走る彼女の足が自由を取りもどしていく。肺はますます深く空気を吸い込む。髪をまとめるリボンがほどけ、三つ編みもほどけて、森の風が思うさま髪をなぶる。木の枝や葉がまとわりつく。絹のドレスが裂け、腕にひっかき傷ができる。鼻孔を刺す、泥と朽ちていく落ち葉のにおい。

ルミッキの目はますます鋭くなり、影たちのわずかな動きさえ見逃さなくなる。両手は血にまみれ、その色は刻一刻と黒ずんでいき、やがて漆黒になる。洗い落とそうとしても無駄だろう。血は手についたまま落ちないだろう。なぜならルミッキは殺人者、血に飢えた獣だから。

ここはルミッキの森。その闇は、熱情と恐怖、絶望と歓喜を隠している。その空気はルミッキの胸を満たし、ルミッキを酔わせる。森に抱かれて、ルミッキは完全な存在になっていく。より自分らしく、より自由になっていく。ルミッキは地を這う木の根の上に寝そべり、手のひらで湿った大地に触れ、からみ合う根の一部になりたい、根に溶け込んで地中深くもぐり込みたい、命の源泉を見つけたい、と願う。

森がため息をつき、ルミッキのまわりで脈打っている。まるで、森の鼓動がこの世でたったひとつの鼓動であるかのように。それはルミッキの鼓動だった。

「はい、オーケー！　心臓の鼓動の音、すごく効果的だし、このシーンのラストにぴったり合ってて、完璧（かんぺき）ね」

ティンカの声が聞こえて、ルミッキはわれに返り、舞台の上で体を起こした。深い眠りから目覚めたような気分だ。この芝居のこのシーンになると、ルミッキには毎回、同じことが起きる。あまりにも深く芝居の中に入り込んでしまい、校舎内の小さな講堂にある舞台の上にいることも、『黒いリンゴ』と題された演劇の稽古をしていることも、しばらくのあいだ忘れてしまうのだ。

この芝居への出演を承諾したのが、はたしていい考えだったのか、ルミッキはいまだによくわからずにいる。芝居に出ないかと誘ったのは、やはりサンプサだった。

「だって、白雪姫（ルミッキ）の童話の新解釈なんだよ。きみが出ないわけにいかないじゃないか。ルミッキの役は、まさにきみのために書かれたようなものだよ」

サンプサはそういって、明るく励ますような微笑みを浮かべた。その笑顔を見るとルミッキは、たいていのことならやってみよう、という気にさせられてしまうのだ。

ルミッキ自身、この芝居になにかの形で関わろうと思ってはいた。ただ、自分と同じ名のヒロインを演じるとなると、居心地が悪いし、そんなことをする人は自己顕示欲が強すぎるんじゃないかという気がしたし、気乗りがしなかったのだ。しかし、『黒いリンゴ』の脚本を手がけ、自ら舞台監督も務めているティンカの力は大きかった。初回の稽古に参加した時点で、ルミッキは脚本のすばらしさに気づき、この芝居はきっと大成功を収めると確信できたのだ。ティンカはこの秋に入学してきたばかりの女子生徒だが、二歳上の先輩たちにも気後れせず、自信たっぷりにびしばしと指示を出して従わせている。

ティンカの外見は、芸術表現を通した教育に力を入れているこの特別な高校の生徒として、まさに典型だった。服装も髪型も個性的で、しかもスタイルが日替わりなのだ。チュールのスカートをはき、赤毛をカールさせて高く結い上げた髪型で登校してくることもある。かと思うと、別の日にはブーツとくたびれたジーンズをはき、ぶかぶかのパーカーを着て、髪はおばけの巣みたいに乱した姿で学校にやってくるし、また別の日には三つぞろいのスーツに身を包み、山高帽をかぶって髪をすっかり帽子の下に隠している。

もっともティンカは、自分を特別な存在に見せようとしてスタイルをころころ変えているわけではなく、注目を浴びたくて無理をしているのでもない。彼女は率直で、地に足がついていて、意志が強い。ルミッキはそんな彼女に敬意を抱いていた。

12月8日 金曜日

『黒いリンゴ』の物語は、ガラスの棺の中に横たわる白雪姫を見た王子が、身じろぎもせぬ美しい乙女に燃えるような愛を抱くところから始まる。棺は王子の住む城へ運ばれていくが、その途中、棺の担ぎ手のひとりがつまずいて棺が揺れ、その拍子に毒リンゴのかけらがのどから飛び出して、ルミッキは目を覚ます。ここまでは昔ながらのおとぎ話と変わらない。しかし、ティンカが書いた芝居の中のルミッキは、毒による昏睡から覚め、王子の花嫁という役割を与えられても、喜ばないのだ。

ルミッキはすでに、森という世界に溶け込み、その影やそこに生きる獣たちになじんでいた。黄金の城に住んで人々にかしずかれ、行動の自由を持たない王妃になることなど、望んではいなかった。王子はといえば、ただルミッキの美しさを愛でているだけで、ルミッキの本当の気持ちになど興味を示さない。

ティンカの脚本は根底にフェミニズムの思想が色濃く流れているが、説教くささや押しつけがましさはない。ただこの芝居には強烈なインパクトがあって、見る者の胸をざわつかせた。『黒いリンゴ』の登場人物には、完全に高潔な人間などひとりもいない。ルミッキを救おうとする狩人でさえ、そうではない。狩人もまた、自らの欲望のままに行動するのだ。

ルミッキは、感覚をひとつひとつ取りもどしながら、いつもどおりの、身のまわりに実在する世界へと帰ってきつつあった。芝居のラストシーンから現実の世界に意識をもどすのは時間がかかる。ラストは、強い印象を残す、催眠術にも似た力を持つ場面なのだ――ルミッキは舞台に横たわっている。照明が消えていく。舞台も、講堂全体も、ひとときのあいだ完全な闇に包まれ、あたりには心臓の鼓動が響きわたって、その音が次第に大きくなっていく。ラストの直前、狩人の死を知ったルミッキは、鋭い歯を持つ銀のくしで王子を殺してしまう。そして彼女は城から逃げだし、愛する森へ、闇と影と獣たちのもとへ、帰っていくのだ。

この場面を、音響効果や演出をつけた状態で初めて稽古したとき、終わってからも全員が長いこと言葉を失ったままだった。だまったまま、心もとなげな表情で互いに目配せをし合うばかりだった――「いまの、感じた？ みんなでどこか別な世界に行ってたんじゃない？」そう問いかけるように。

「次回の稽古は月曜の夜、時間と場所は同じってことで！」

ティンカがみんなに告げている。

「だいぶ仕上がってきてるんじゃないか？ 一日くらい休みを入れたらどうかな」

王子役のアレクシが提案した。するとティンカは責めるような目でアレクシをにらんだ。

「初日まで二週間しかないし、それなのにやるべきことはまだまだ山ほどあるでしょう。せりふの練習をしたほうがいい人たちもいるしね。いいかげん、ノーミスで通せるようになってもらわないと」

アレクシは肩をすくめると、講堂から出ていった。

ルミッキのかたわらにはサンプサがやってきて、背中を優しくなでてくれた。

「きみの演技、すごくよかったよ。いつもそうだけどね」

「ありがとう」

ルミッキはアーミーブーツのひもを結びながら答えた。手がまだかすかに震えている。

「じゃ、今度会えるのは日曜日だね。今日は走って帰らないと。そうじゃなくてもぼくは遅刻確定だし、母さんの機嫌が悪くなっちゃうから」

サンプサはルミッキの額にキスすると、バックパックを肩に引っかけて、去っていった。彼は先ほどまで狩人役の衣装に身を包んでいたのだが、みんなが最後の二場面ほどの稽古をしているあいだに着替えをすませたようだ。

サンプサの家では、毎週金曜の夜に家族そろって夕食をとる習慣があり、祖父母とタンペレ市内に住んでいるおばさんも顔を出すのだという。この習わしはもう何年も続いていて、サンプサとしては、たまにはパスしてもいいんじゃないか、という発想を持つことすらできないらしい。ルミッキも何度か誘われたのだが、いまのところは断りつづけている。その場にいる全員が自分に値踏みするような目を向けてくると思うと、いい気持ちがしない。日曜日なら、サンプサの家にいるのは両親と妹だけだというので、ルミッキはコーヒーをいただきにお邪魔すると約束していた。それだけのことでも、ルミッキにしてみればかなり高いハードルだった。

ルミッキはティンカと連れだって、鏡のあるエントランスホールに向かう階段を下りていった。がらんとして暗い校舎の中は眠っているような静けさだ。無人の廊下はいつもとちがって見え、ふたりの足音が大きく響く。昼間のこの場所は生徒たちでごった返していて、その騒々しさときたら、労働法で定められた工場の騒音の限界値を超えるほどだというのに。

ティンカは、あの場面にこういう要素が不足している、などと盛んに口にしたが、ルミッキは会話に集中することができなかった。この芝居に出ることにしたのは、やはりまちがいだったのだろうか。自分が役柄に深くのめり込んでしまうのも、現実の世界が自分のまわりから消えてしまうのも、ルミッキは気に入らなかった。

ルミッキは、森の中を駆けていく白雪姫（ルミッキ）の役を演じているのではなかった。彼女自身が、自らの手が血にまみれているのを感じ、血のにおいをかぎながら森を駆ける白雪姫だった。その鼓動は彼女自身の鼓動だった。こんなふうに自分をコントロールできなくなるのは初めてで、ルミッキは恐怖を覚えていた。

そのうちにティンカも、ルミッキがあまりしゃべらないことに気づいたらしく、ふたりともだまったままでエントランスホールまで行くと、それぞれコートを着込んだ。ルミッキはたっぷりした赤い毛糸のマフラーを首に巻いた。以前この高校で一緒だったエリサが送ってきてくれた、手編みの品だ。エリサは別の町に引っ越したが、ルミッキはいまでも連絡を取り合っている。エリサと真の友情で結ばれるなんて、去年の冬には想像もしていなかったのだが。

12月8日 金曜日

外に出ると、あたりにはふわふわした大きな雪片が舞っていたが、雪片は黒い地面に落ちるなり消えてしまっている。ホワイトクリスマスは期待できそうにない。

「まだちょっと芝居に乗りきれてないメンバーもいるけど、あんたは別。あんたは文句なく、死ぬほどイケてるわよ」

校門を出るときにティンカがいった。それから彼女はひらひらと手を振ると、ルミッキがまともに反応できずにいるうちに、別の方向へ去っていった。

自宅に向かってハメ通りを歩きつづけるルミッキのアーミーブーツの下で、ぬかるみがぐちゃぐちゃと音を立てた。通りの少し先を、高校の心理学の先生と数学の先生が並んで歩いている。やはり遅くまで学校に残っていたようだ。いまの季節は試験や小論文の採点があるから、教師も長時間労働になる。自宅に仕事を持ち帰るより、帰宅が遅くなっても職場で片づけるほうがいいと考える教師もいるのだ。学校の外でおしゃべりしたり笑い合ったりしている教師たちを見るのは、ある意味、奇妙な感じがする。しかし距離があるのでふたりの会話は聞きとれず、そのことにルミッキはほっとしていた。先生たちの私生活なんて、知らないほうがいい。

ライトアップされた赤煉瓦(れんが)のアレクサンテリ教会が、見慣れたいつもの姿で厳(おごそ)かにそびえ立っている。あたりは暗く、教会付属の公園に立ち並ぶ古い墓石が歩道からは見分けられないほどだ。黒々とした木の枝を背景に舞う大きな雪片が、羽根のように見える。天使の翼から落ちた羽根。ルミッキはポケットに深く手を突っ込み、足を速めた。

そのとき、左のポケットに、入れた覚えのないなにかが入っているのに気づいた。引っ張りだしてみる。四つ折りにしたＡ４サイズの白い紙だ。折り目をひとつずつ開いていく。パソコンで打った短い手紙があらわれた。ルミッキは街灯の下で立ち止まり、手紙に目を通した。


私のルミッキ。

王子はきみのことをわかっていない。芝居の中でも、現実の世界でも。彼はきみの外面しか見ていない。彼の目にはきみの一部しか映っていない。私はもっと深いところまで見ている、魂の奥底までも。

ルミッキ、きみの手は血で染まっている。きみはそれを知っている。そして私も知っている。

私はきみの一挙一動を見ている。

ほどなくきみは私から次の手紙を受け取るだろう。ただし、忘れるな――私からのメッセージについて、きみがだれかに口外すれば、それがたとえたったひとりであっても、じきにもっとおびただしい血が流れることになるだろう。芝居の初日、生きて会場を出られる者はいなくなるだろう。

愛を込めて
きみの崇拝者、きみの影より

ルミッキは鋭く息を吸い込み、手紙から目を上げた。なにかが視界の端で動いた。なにか黒いものが。

しかしルミッキがそちらに目を向けると、そこにはただ、木々が長く陰鬱（いんうつ）な影を落としているだけだった。

12月8日 金曜日

4

夜ごと、王女は愛撫（あいぶ）に身をまかせた。
しかし相手は自らの飢えを満たすだけ、
王女の欲望は臆病（おくびょう）なミモザ、
現実を前にして目を見開いているおとぎ話。
新たな愛撫が王女の心を苦い興奮で満たし、
その体を氷で満たすが、王女の心はさらに求めた。

体なら知っているが、探しているのは心――
自分の心のほかに、どんな心も王女は見たことがなかった。

ルミッキは、「王女」と題されたスウェーデン語の詩をひとり静かにつぶやいた。詩の言葉が気持ちを落ち着かせてくれる。詩人エディス・セーデルグランの死後に出版されたこの詩集『どこにもない国』を、ルミッキは幾度となく読み返したので、収録されている詩はどれでも暗唱することができるのだった。少なくとも、出だしの部分をちょっと見れば、続きは自然と思いだせる。なじみ深い詩は魔法の呪文のようなものだった。詩の中では、数々の言葉が、予想外の展開も変化もなく、決まった順序できちんと並んでいて、だからこそ気持ちが落ち着くのだ。

手紙を読んでしまった以上、ルミッキはまっすぐ家へ帰るわけにいかなくなった。こちらの一挙一動を観察している人物が、本当にいるのだろうか。ルミッキは理性の力で恐怖を追い払おうと試みた。この手紙は、単に度が過ぎた悪ふざけという可能性が高い。ただのブラックユーモア。容赦のないお遊び。いまこの瞬間、ルミッキがおびえている様子を想像して楽しんでいるだれかがいて、じきにルミッキにも真相が明かされるのだ。まんまと引っかかってしまっただけだ、ということが。

しかし、万一手紙に書かれていることが事実だとしたら？　頭のいかれたストーカー、流血の惨事を起こすことさえいとわない人物に、狙（ねら）われているとしたら？ この手紙を軽くあしらえばリスクを冒すことになる。それはできなかった。人間には潜在的に、悪事に走る可能性が備わっている。これまでの経験から、ルミッキはそのことをいやというほどよく知っていた。小中学校時代は暴力を伴ういじめに耐えつづけたし、少し前には、国境を越えてうごめく薬物取引の世界で人間がいかに冷酷にふるまうものか、間近で目にした。夏にプラハを訪れた際は、カリスマ教祖が信心深い人々を恐怖によって支配し、集団自殺で全滅させようとたくらむ様子を目の当たりにしたのだ。

この上さらに、頭のいかれたストーカーがあたしの前に登場するってわけ。そう考えて、ルミッキは苦い笑みを浮かべた。

あたりの物音はごく穏やかで、居心地がよかった。ゆったりと行き交う足音、本のページをめくる音、声を抑えた会話はなんといっているのか聞きとれない。もっとも、天井のカーブを支えているアーチのひとつを選んで、その根元に立てば、通常なら音声の届かない反対側の根元で交わされている会話の内容を、一言ずつはっきり聞きとることができる。それをルミッキは知っていた。タンペレ市立中央図書館、〝メッツォ〟――オオライチョウのことだ――の愛称で呼ばれるこの建物は、建築家のレイマ＆ライリ・ピエティラ夫妻によって、そういうふうに設計されている。

とはいえ、いまのルミッキは他人のプライベートな会話に耳を傾ける気などない。いまは、図書館に満ちている、なじみ深くて心が安らぐ物音に守られていたかった。人々に囲まれながらひとりきりになって、気持ちを鎮め、家へ帰る勇気をかき集めたかった。だからこそ、アレクサンテリ教会のところで角を曲がり、歩いてほんの数分の距離にある中央図書館を目指したのだった。

曲線をふんだんに用いたこの建物は、外から見ても中に入っても温かみを感じさせてくれると、ルミッキは以前から思っていた。書架と書架の距離は絶妙で、歩くのに十分な広さがありながら、その空間に身を隠してしまうこともできる。館内には読書用の丸いテーブルが置かれ、だれにも邪魔されたくなければ秘密めいた個人用ブースもある。

ルミッキは、できるならサンプサにショートメッセージを送って、家族の夕食会がすんだら泊まりに来てほしいと頼みたかった。どんなに遅くなってもいいから、と。しかし、そんな頼み事はこれまで一度もしたことがないし、サンプサは不思議に思うだろう。そうなれば、うそをつくしかなくなるが、サンプサにうそをつくのはいやだった。

今夜は一晩、ひとりで耐えるしかない。それから、ポケットに手紙を入れた人物の正体を、できるかぎり速やかに突きとめる。やはりそれも、ひとりでやらなくてはならないだろう。

自分はもう、以前ほど孤独ではなくなったと、ルミッキは思っていた。しかしそれはまちがいだった。突然体の中に、昔なじみの感覚、からっぽでがらんどうな感じが広がった。結局は、いつもひとりぼっち。ルミッキは、詩集に書かれた文字たちを、読む気になれないままじっと見つめていた。

そのとき、深みがあって刺すような針葉樹の森の香りがルミッキを包み込み、同時に温かい手のひらが彼女の首筋を優しくなでた。

「エディス・セーデルグランか。その詩集、ぼくとふたりで読むべきなんじゃないか？」

振り向かなくても、ルミッキにはわかった。声を聞く前から、言葉を耳にする前から、わかっていた。その香りと、触れてくる感じで、わかったのだ。

リエッキ。

リエッキはルミッキの後ろに、体を横に向けて立っていた。微笑(ほほえ)みを浮かべて。現実の存在として。一年と少し前に比べると、見た目がやや男っぽくなったかもしれない。髪は以前よりさらに短く、色が明るくなり、物腰には新たな落ち着きと自信が感じられる。しかし、リエッキはやはり少しも変わっていなかった。氷のようなライトブルーの瞳(ひとみ)も以前と同じで、ルミッキは一瞬のうちにその目の中に吸い込まれてしまった。湖を覆う薄氷を割って水に飛び込んだかのように。

感情の嵐がルミッキに襲いかかってきた。リエッキの胸に体を押しつけたかった、これ以上は不可能なくらいぴったりとリエッキに寄り添って、手紙のことも、味わっている恐怖のことも、なにもかも打ち明けたかった。この一年ほどのあいだに起きた出来事、さびしさと切なさ、うなされた夢とどす黒い嫉妬(しっと)、そのすべてを話したかった。守ってほしい、孤独と邪悪から救ってほしいと訴えたかった。

家に連れていってほしい、着ているものを全部脱がせてほしい、リエッキも全部脱いでほしい、脱いだものは玄関に散らかしておいて、キスをしたい、キスして、キスして、飢えている肌のすみずみまでもリエッキの肌に押しつけたい、もっと強く、もっと熱く燃え上がりたい、われを忘れ、世界の存在を忘れ、ふたりが別々の人間だということも忘れたい、抱き合うふたりはひとつになって、互いにすっかり溶け合い、境界線は消えるだろう、ルミッキはしばらくのあいだ炎そのものになって、ただもう燃え盛りたい、燃え盛りたい、燃え盛りたいと願うだろう。

ルミッキはごくりとつばを飲んだ。体が震えている。口からは言葉がひとつも出てこない。

「久しぶりに会えてうれしいよ。コーヒーでもどう？　急いでるのか？」

リエッキはまったく自然な口ぶりで問いかけてきた。

「ううん」

「なら、よかった。二階のカフェコーナーに行こうか」

「そうじゃなくて、あたしはいま、コーヒーは飲まないって意味」

リエッキはわずかに怪訝（けげん）そうな顔でルミッキを見たが、やがて挑発的な笑みを浮かべた。

「ふたりで別なことをしたっていいけど」

ルミッキは震える手で詩集を書架にもどし、ニット帽をかぶった。

「できない。急いでるから。あたし、あなたと会ってるわけにいかないの。いまは」

その言葉が、途切れながら、はずんだ息にまじって自分の口からこぼれ落ちるのを、ルミッキは聞いていた。

「そうか。だったら、また別の日に。携帯の番号、変わってないんだろう？　こっちから電話するか、ショートメッセージを送るかするよ」

リエッキの声は温かく、穏やかだった。

電話とか、しないで。ルミッキはそう告げるべきだった。そう告げたいと思った。同時に、そんな言葉は口にしたくなかった。

「もう行かなきゃ。じゃ」

ルミッキの足は、図書館から走り出たい、できるだけ早くリエッキから離れたい、できるだけ遠ざかりたいと願っていた。それでも自分に言い聞かせて、走らずに歩いた。きびきびと、きっぱりとした足取りで。振り返らずに。

屋外のさわやかな空気に包まれたとき、ルミッキはようやく、いまの自分には付き合っている相手がいることをリエッキに伝えるべきだった、と気がついた。

彼女はそれを伝えなかった。リエッキの目の中の、氷を浮かべながら燃え盛る水に飛び込んだとたん、すべてを忘れてしまったから。

きみを愛している。

短い言葉だ。口にするのはたやすいが、本気でいうのは難しい。

私は本気だ。私は言葉のひとつひとつを通して呼吸し、言葉は私の一部になる。

私はきみに向かってこの言葉を語り、すると言葉はきみの一部にもなる。私の愛がきみの中に移り住む。愛はきみを、ますます美しく、ますます強く、ますますにおいたつように、輝かせるだろう。

　私はきみを、夜空の最も明るい星よりさらに明るく光らせる。

　きみは身も心も私のものになる。最初からずっと、それを目指してきた。なぜなら、それがきみの運命だから。それが私の運命だから。

12月9日

土曜日

5

姉、姉、姉、姉。

ルミッキの頭の中で、ひとつの言葉が鳴り響いていた。最近は、リーヒマキの町に住む両親のところにいると、必ずこうなる。しかし、今回もまた、言葉はルミッキの口から出てこようとしなかった。ママは昼食に、ルミッキの好物のひとつ、山羊のチーズのラザニアを作ってくれたのだが、今日のルミッキには味がまったくわからなかった。まるで、心地よさや喜びを感じとる中枢神経が麻痺(まひ)し、働かなくなってしまったかのようだ。食べ物は単に摂取しなければならない燃料でしかない。コーヒーですら、おいしく感じられなかった。

あの手紙のせいだ、とルミッキは思った。あれはやはり、自分をからかった悪ふざけにちがいない。そう考えてはいたが、それでも手紙の内容は心をざわつかせ、思考の底でうずきつづけている。おかげで、周囲の風景は灰色がかって見え、世界には霧が立ち込め、食べ物の味も失われてしまったのだ。

手紙の送り主がだれなのか突きとめることができたときは、洗練された、しかし冷酷な手段で復讐(ふくしゅう)してやる。ルミッキはそう心に決めていた。

12月9日 土曜日

もっとも、パパとママの家にいるあいだ、ルミッキの頭はひとつのことに占領されていた——自分にはかつて、本当に姉がいたのか、それをいまだに確認できていない。夏にプラハで知り合ったチェコ人女性のゼレンカが、ルミッキにうそをついたのだが、それがきっかけでよみがえった幼いころの記憶は、現実にあったこととしか思えなかった。自分にはかつて、たしかに姉がいたはずだ、ルミッキはそう確信したのだ。しかし、旅先のプラハからフィンランドにもどると、その確信も心もとないものに変わってしまった。帰ったらすぐ、両親にストレートな質問を叩きつけようと思っていたのに、結局それはできなかった。

ゼレンカのことはパパとママにも話したが、ゼレンカがルミッキと異母姉妹だといっていたことは話していない。秋のあいだに、ルミッキはゼレンカと幾度かメールのやり取りをした。ゼレンカは、数学と化学、それに生物学の勉強を独学で始めた、と書いてきた。医者を目指して進学したいのだそうだ。ゼレンカは、青年ジャーナリスト、イジーの家に一時的に身を寄せていたが、彼女がそっと教えてくれたところでは、その後もずっとイジーのもとで暮らしつづけているらしい。ふたりとも、一緒にいるのがいちばんいいと思うようになった、ということだった。

イジーは地元の新聞社で新たな職についたという。彼はルミッキと力を合わせ、炎に包まれた家からゼレンカを助けだしたが、その後ゼレンカのために心を砕くようになっていったのだろう。それはゼレンカのメールの行間からも読みとれた。ふたりのことを思うと、ルミッキは幸せな気持ちになった。

ゼレンカはときどき、メールの最後に〈あなたの心の姉より〉と書いてくる。〝姉〟という言葉で、ルミッキの頭はいっぱいだった。しかし、それを口に出すことは避けていたのだ。なぜだろう？　何事も、口に出してしまうのがいちばん簡単なやりかたのはずなのに。なにが自分にブレーキをかけているのか、ルミッキにはわからなかった。

もしかすると、パパとママのルミッキへの気づかいや、ふたりの真剣な面持ちの中に潜むなにかが、そうさせるのかもしれなかった。ルミッキがプラハからもどった後、ふたりはとても優しくて、愛に満ちあふれた様子で娘に接してきたのだ。いつになく両親との距離が縮まっていた。

そんなふたりに、尋問（じんもん）でもするみたいにあれこれ質問をぶつけるなんてまちがっている、そんな気がした。パパがずっと以前にプラハへ旅したことがあるのも、単なる偶然で、ルミッキに姉がいるかもしれないという話とは関係がなさそうだった。それで、この件について両親を問い詰めることも、ルミッキはしなかった。

本当のことをいうと、ルミッキは家の中の温かい雰囲気を楽しんでもいたのだ。想像の産物かもしれない話題を持ちだして、そのぬくもりをぶち壊しにしたくはなかった。人間は、事実とちがう記憶を頭の中に作りあげてしまうこともあるものだ。ある出来事が本当に起きたのではないかと真剣に考えたり、そうだったらよかったのにと心から望んだりした結果、そんな記憶ができあがってしまう。

その話題に触れないまま、日々が積み重なって何週間かが過ぎ、やがて数か月が過ぎた。ルミッキはふいに、いまさらそのことを話題にするのは不自然だ、と気づいてしまった。両親が発散するぬくもりは徐々に冷めていき、三人は再び、以前演じていたおなじみの役柄にもどっていった。当たりさわりのない話題を口にし、必要最小限の連絡は取り合って、普通の家族に見えるようにふるまい、沈黙が続いて気まずくなるのを避けようと努力する。沈黙は、たとえばいまみたいに親子そろって土曜日のランチをとっているとき、しばしば訪れるのだった。

「もっとおかわりは？」

沈黙を破ろうとしたのだろう、ママがいった。

「ううん、ごちそうさま」ルミッキは答えた。「ちょっと古い写真を見てもいい？」

「またかい？」パパが怪訝な顔をした。「うちにある写真は、もう全部見たはずだよ」

「学校の写真の授業で使えるんじゃないかと思って」

「コーヒーをいれるわね」

そういって、ママは食器を片づけはじめたが、その動作はてきぱきしすぎていて不自然だった。

ルミッキは、アルバムを抱えてリビングのソファーに腰を落ち着けると、ゆっくりとページをめくりはじめた。細部まで覚えている写真ばかりだったが、それも当然だった。これまでに幾度となく眺めてきたし、特にこの秋はアルバムを手に取ることが増えている。写真の中に、なにか解決策が、謎を解く鍵が見つからないかと探しているのだ。

パパとママが結婚したときの写真がある。オーランド諸島のサマーコテージの写真も。それから、以前トゥルク市に住んでいたころの家が映っている、ピントのぼけた写真が二、三枚。いま住んでいるリーヒマキには、ルミッキが四歳のときに引っ越してきたのだ。トゥルクの家のことはぼんやりとしか覚えていない。トゥルク市のポルト・アルトゥル地区にあった二階建ての木造の家は、ゆったりとしてくつろげる雰囲気だった。いまの手狭なテラスハウスとは、ぜんぜんちがっていた。

前の家よりはるかに価格の安い住まいに引っ越してきたのは、なんだか奇妙に思える。トゥルク市内の木造の家を売ったのなら、そのお金でリーヒマキに新築の大きな一戸建てが買えたはずなのに。この家族には、お金にまつわる出来事で、ルミッキが教えてもらっていないことが、なにかあったにちがいない。

「どうしてトゥルクから引っ越すことになったの?」

ルミッキはたずねた。

熱心に新聞を読んでいたパパは、娘に問いかけられてわれに返り、眉間にしわを寄せた。

「仕事の都合だよ」

12月9日 土曜日

その説明はおかしいとルミッキは思った。パパは仕事で首都のヘルシンキにしょっちゅう出張していて、リーヒマキにはあまりいない。図書館で働いているママも、リーヒマキより大都市のトゥルクにいたほうが、職を得るのは簡単だったはずだ。しかし、ルミッキはそれ以上なにも聞かなかった。

アルバムの写真は数が少なく、そのことが今日もルミッキの心に疑問を投げかけた。自分の写真は、毎年ほんの数枚ずつしかないように思えるし、しかもあまり写りがよくない。べつに、近ごろの親がやるように、〇歳児のときから何百、何千と写真を撮りまくってほしかった、とは思っていない。ただ、写真の少なさはやはり奇妙に感じられる。

ルミッキは、同年代の子たちの家で小さいころのアルバムを見せてもらったことがあるが、アルバムはもっと分厚くて、しかも何冊もあった。たぶん、ルミッキのパパとママは、写真にあまり興味がないのかもしれない。あるいはふたりとも、ルミッキの写真を撮ることには、興味がなかったのかもしれなかった。

ルミッキの目は一枚の写真のところで止まり、その一枚をほかより長く見つめつづけた。写真の中のルミッキは七歳だ。学校の校庭に立っている。季節は冬。学校まで送ってきてくれたママが、突然写真を撮ろうといいだしたのを覚えている。

「ほら、少しは笑ってごらん！」ママにそういわれた。

写真の中のルミッキは、にこりともせず、真剣な表情でまっすぐにカメラをにらんでいる。

校庭で笑顔になる理由なんて、どこにもなかったのだ。この年の冬、学校でのいじめがすでに始まっており、ルミッキは学校に行かなければならないすべての日を憎んでいた。いま、あらためて写真を眺めたルミッキの目は、写真の少女の挑むようなまなざしの奥に、凍てつく恐怖を見てとった。

もう二度と、こんなまなざしを浮かべるような状況に陥りたくはないと、ルミッキは思った。しかし、恐怖はいまもなお、鏡の中にうんざりするほどしょっちゅう姿をあらわすことも、わかっている。

ルミッキはアルバムを閉じた。今日はなにも新たなことを語ってくれそうにない。過去に隠された秘密を明らかにしてくれそうにない。

コーヒーを飲み終えると、ママがルミッキに聞いた。

「今日はサウナに入っていく?」

その問いは、本気でサウナに誘っているというよりも、むしろ決められたせりふのようなものだった。聞くことになっているから、聞いただけ。

「ううん。学校の用事があるから」

ルミッキは答えた。それは期待されているとおりの答えだった。

駅に向かって歩く道の途中で、ルミッキは卒業した中学校の前を通った。中学の校舎と校

12月9日 土曜日

庭を目にすると、いつも口の中に鉄の味を感じる。ルミッキが受けた暴力と抑圧は、ここに通っていたころが最もひどかったのだ。殴られて、ひどい言葉を浴びせられて。仲間外れにされて。さまざまなうそをつかれて、ルミッキはそのたびに、おかしな時間に登校してしまったり、決められたのとちがう運動着を持ってきてしまったり、宿題の内容をまちがえたりした。

ルミッキは注意深くなろうとし、先生から直接、自分の耳で聞いたことだけを信じるよう努めたが、それでも幾度となくだまされてしまった。うその伝言をしたり、ルミッキをだますためにほかの子を利用したりすることくらい、いじめの中心となっていた張本人、アンナ＝ソフィアとヴァネッサにはなんでもなかったのだ。

あるとき、ルミッキはついにアンナ＝ソフィアとヴァネッサに立ち向かい、彼女らに物理的なダメージを負わせたが、そのときのことを思いだすとますます気分が悪くなった。

怒り。失われた自制心。殺してやりたいという欲求。

それ以来、自分はひどいことをしたやつらを恐れているのか、それとも自分自身を恐れているのか、ルミッキにはわからなくなった。自分が無意識のうちにしたことのすべて、自分自身を地獄から救いだすためだけに他人の命を奪いたいと思ったときの感覚に、ルミッキは恐怖を覚えた。もちろん、その感覚を誇りに思ったりはしなかったが、そんな感覚を持ったことを否定するつもりもなかった。

だからこそルミッキは、自分を抑え、冷静にふるまうことを覚えたいと望んだのだ。他者に屈服するつもりなどないが、怒りにまかせて行動するのもいやだった。

少なくとも、そういう考えかたを生きていく上での原則にしようと、ルミッキは努めてきた。その原則を守るのは、ときとして簡単なことではなかったが。

リーヒマキにまつわる楽しい思い出は、ルミッキには数えるほどしかなかった。そのひとつは、九歳のときにリーヒマキの劇場で演劇を観たときの記憶だった。それがどんな劇だったのか、いまではもう思いだせないが、そんなことはどうでもいい。ルミッキは、客席のにおいと、次第に静まり返っていく人々のざわめき、そして、照明が消えてから舞台が始まるまでの短いひとときに心を奪われたのだ。すべてがまだまっさらで、あらゆる可能性を秘めている、その瞬間の緊張と期待が気に入った。

最前列にすわっていたルミッキは、頭をそらして舞台を見上げなくてはならなかった。出演者たちとの距離がとても近かった。わずかな表情の動きさえ、ルミッキは見分けることができた。

出演者のひとり、黒髪の女優が、とりわけ軽やかにダンスしたり、ジャンプしたり、走ったりしていたのを、ルミッキは覚えていた。ブルーグリーンのスカートのすそが、波打つ海のように広がっていた。

その女優が舞台の端ぎりぎりでジャンプしたとき、スカートのすそからのぞいたひざにサ

12月9日 土曜日

ポーターが巻かれているのが見えた。それに気づいてから、ルミッキは女優の表情をより注意深く観察するようになった。そして、見る者をとりこにする微笑みや、はじける笑い声や、流れるようなせりふの下に、苦痛のかけらが見え隠れしていることに気づいた。

ひとつジャンプするたびに、一歩足を踏みだすたびに、女優の顔には影が差した。とてもかすかな影だったから、ルミッキ以外に気づいた人はいなかっただろう。ほんの一瞬、女優の目の中を霧がよぎったかのようだった。

ルミッキはうっとりと女優の姿を見つめつづけた。ほかの出演者たちのことなど忘れてしまった。劇の筋書きも、どうでもよくなった。

女優の灰色の目に浮かぶ色合いが変化するのを眺めながら、ルミッキは、こういうこともあるのだ、と考えていた。ひとつの役柄を引き受けて、その裏に本当はなにがあるのか、ほかの人にはわからないように隠しておく。苦痛は隠しておくことができるのだ。

リンゴの花のように舞台を彩る軽やかなダンスや笑い声は、ルミッキにとって秘められた強さと力の象徴になった。いつか自分もあの女優みたいになりたいと思った。自ら役柄を選び、舞台に立つか客席にいるかも自分で選べばいい。自分だって、なんにでもなれるのだ。

列車の窓から眺める十二月の午後の景色は、いつもより早く暮れていくように思えた。あたりは灰色に包まれている。十月と十一月、それに十二月に入ってからも、ずっとそうだったように。

今日はみぞれでなく、霧雨が降っている。地面は黒々としている。木々の枝も丸裸で黒っぽく見える。窓ガラスにルミッキの姿が映り込んでいた。その目もやはり黒かった。

トイヤラの駅を過ぎたころ、ルミッキはトイレが我慢できなくなってしまい、もうじき着くとわかってはいたが列車のトイレに行った。座席にもどると、そこには真ん中でふたつに折ったA４サイズの紙が置かれていた。ルミッキは周囲に目を走らせた。車両にはほかに乗客の姿はない。そのとき列車がレンパーラ駅に到着した。

ルミッキは手が震えているのを感じながら紙の折り目を開いた。


私のルミッキ。

あの建物の前を通るとき、きみがどれほどいやな気分になるか、私にはわかっている。あの場所できみがどんな経験をしたか、私は知っている。その経験のことを考えると、私はきみを思ってとてつもない怒りを覚える。

きみが望むなら、やつらを苦しめてやってもいい。きみが望むなら、壁という壁にやつらの血を塗りたくってやる。きみがやりかけたことを、正義の復讐を、私がやり遂げてやってもいい。

きみがひとこと、頼むといってくれさえすれば、私はそれを実行する。

やつらの名前は知っている。アンナ＝ソフィアと、ヴァネッサだね。私が本気かどうか、疑ったりしないでほしい。

やつらの名前を挙げたが、私はほかの名前も知っている。きみはルミッキ、白雪姫だが、ほかにもうひとり、いばら姫に似た名を持つだれかがいたのを覚えているかい？　思いだすがいい。きみはきっとその名を見つけだすはずだ。ほかのことはほとんどすべて忘れていても、その名は忘れていないはずだ。

きみのことは常に監視している。

きみの影より

12月9日 土曜日

吐き気がルミッキののどにせり上がってきた。手紙を置いていった人物が何者であれ、もうこの列車には乗っていないだろう。レンパーラで降りたはずだ。座席に手紙を置くのに完璧なタイミングを選んだのだ。

手紙の主は、リーヒマキまでルミッキを尾行してきて、両親の家を後にするまで見張りつづけ、列車に乗ってからはトイレに行くのをじっと待ちつづけていた。そう考えると、ルミッキは胸が悪くなった。ルミッキに匿名(とくめい)のメッセージを届けるためだけに、手紙の主はそんなことをしたのだ。

これは悪ふざけではありえない。

それに、手紙に書かれている内容は、他人が知ることはできないはずのものだ。ルミッキがだれにも話していないことが含まれている。たとえば、学校でいじめをしていたやつらの名前がそれだ。

ルミッキの震える手から、携帯電話がすべり落ちそうになった。

幸いサンプサはすぐに電話に出てくれた。

「今日、これから会えない？」

なんでもなさそうな軽い調子を装いながら頼んでみる。

「だめだ」

彼の返事に、ルミッキはごくりとつばを飲んだ。

「どうして？」

「今夜はバンドの練習があるし、それに、いまは重要なミッションを遂行中なんだよ。きみのためにクリスマス・プレゼントを選んでるんだ」サンプサは笑った。「だから、いい子にして、明日まで我慢してくれなくちゃ」

「わかった」

ルミッキは、できるだけ通話を長引かせて、サンプサの温かで安心させてくれる声を聞いていたいと思った。ただ、下手なことをいって問題が起きていると気づかれてしまってはいけない。仕方なく、パパとママの休暇の計画とか、ふたりは家の修理をするつもりらしいとか、どうということのない話題をしばらくしゃべった。ルミッキがけっしてしたことのなかった、つまらない会話。しかしサンプサはあまり時間がなく、じきにルミッキは、沈黙した携帯電話を手にしたままひとりぼっちで座席にすわり、窓ガラスに映る自分の顔をじっと見つめることとなった。

その目には、七歳の少女と同じく、挑むようなまなざしの底に恐怖が潜んでいた。

6

パンチも、キックも、攻撃はそのすべてが敵に命中しなければならず、敵の攻撃力を大きく低下させなくてはならない。中途半端な動きではだめだ。それだとエネルギーを消耗するだけで、敵を倒すことにはつながらない。

ルミッキは握りこぶしを作った。左、左、右。左、左、右。防御を忘れるな。常に動きつづけろ。

握りこぶしを相手の鼻に命中させたら、どんなふうに血が噴きだすか。鋭いキックを頬に食らわせたら、どんなふうに頬骨が砕けるか。敵の足が力を失う。敵は倒れる。敵の運命はおまえの手の中だ。

突然、ルミッキはそれ以上続けることができなくなった。足がいうことを聞いてくれない。スタジオにいるほかのメンバーは、音楽のビートとインストラクターの指示に合わせ、コンバットの動きに没頭している。しかしルミッキはもう、想像上の敵に一発でもパンチを食らわせることができなくなっていた。もちろん、これはただのエクササイズであり、格闘技のエッセンスで軽く味つけされたグループレッスンに過ぎない。それでもいまのルミッキは想像の情景に耐えられなかった。

ルミッキの目には、自分の手で痛めつけたアンナ＝ソフィアとヴァネッサが、雪面に倒れて死にかけている姿が見えた。実際の出来事とは少しちがうが、どうしてもそんな想像をしてしまったのだ。〈影〉の手紙にあったとおりなのだろうか？　ルミッキはいまでも、あいつらに復讐してやりたいと望んでいるのだろうか？

コンバットのレッスンに出れば、手紙のことは忘れられると思っていた。しかし、うまくいかなかった。スタジオの中に音楽が大音響でとどろいている。汗のにおいが鼻についた。フロアの真ん中に立ち、ひざに手を当てたまま身じろぎもしないルミッキに、何人かが苛立った視線を向けてきた。邪魔だからどいてよ。彼女らの目はそういっている。

どうにか足を動かせる程度に力が回復すると、ルミッキはほかのメンバーのあいだをすりぬけてスタジオの外へ出た。熱心に腕を振りまわしたりキックを繰りだしたりしている女性たちにぶつかってしまったが、すみませんと口にすることすらしなかった。更衣室にもどり、トイレに直行する。

トイレのドアに鍵をかけ、便器のふたを上げたとたん、吐き気が口までせり上がってきた。ルミッキは便座のふちにすがりながら、山羊のチーズが入ったラザニアの残骸(ざんがい)を吐いた。全身が震えている。前回吐いたのはいつだったか、思いだせない。ずっと以前に吐いたときより、はるかに気分が悪かった。

シャワールームにはルミッキのほかにだれもいなかった。コンバットの音楽が遠くから聞こえてくる。ここへ来たのは、いいアイディアではなかった。頭に浮かぶ考えをごまかしたいなら、ほかの手段を考えるべきだったのだ。肌や髪からボディソープとシャンプーをすっかり洗い流した後も、ルミッキは長いこと、降りそそぐシャワーを浴びながら立ちつくしていた。お湯の感触になぐさめられた。その腕の中で、少しのあいだ守ってもらえる気がした。

去年のクリスマスのほろ苦い失恋を歌う曲が、ストックマン・デパートの店内に響きわたっている。ルミッキは視線を走らせて、スピーカーがどこにあるのか見極めようとした。もしも、十分に怒りを込めた、燃える視線を向けることができれば、スピーカーは煙を噴きだして使用不能になり、エンドレスで流れるクリスマス・ソングの中でも最悪の曲が止まってくれるかもしれない、そう思いながら。

流れているのは、イギリスのデュオ、ワム！の「ラスト・クリスマス」だが、これが大ヒットしたのは一九八四年のことだという。いいかげんこの曲も、ぞっとするようなヒットナンバーたちが眠る墓場に向かってよろよろと去っていくのを、許してやるべきではないだろうか。

しかし、クリスマス・シーズン真っ盛りのデパートは、ルミッキと意見がちがうらしい。もしかすると、なにかの調査で、この曲を耳にした客はますますお金を浪費する、という結果でも出たのかもしれない。破れたハートの苦さと痛み、見返してやりたいという気持ち、そして、今年のクリスマスには自分の贈り物の価値をわかってくれるだれかのためにプレゼントを買おう、という発想。いちばん美しいものを買おう。いちばん高価なものを買おう。大金を払って自分の愛を証明しよう、それが真実の愛だとだれも疑うことができないように。それでも、破れたハートはいまもなお、自分を傷つけた相手を思って甘い切なさを感じている。

ルミッキはこの曲が嫌いだった。デパートのクリスマスムードも嫌いだった。あらゆるものの上に漂う現実と幻想のきらめき、雪を模しているけれど実際にはお菓子のアイシングシュガーを思わせる、そのきらめきが嫌いだった。

12月9日 土曜日

デパートのクリスマスは、アメリカのロマンチック・コメディーに出てくるクリスマスだ。冬のあいだのわずか数日間に、これ以上ないくらい甘ったるい幸せと愛と連帯感が、すべて凝縮されている。その価値は、舞台装置と小道具がお約束どおりに用意されたとき、正しく発揮されるのだ。

暖炉に燃える火、ヤドリギの枝、黄金の輝き、人工の雪、選びぬかれたプレゼントの巨大な山、文句のつけようもないクリスマスのごちそう、ふかふかの靴下、手作りのチョコレート、クリスマス・ソング、シナモンとジンジャーの香り、なにもかもがあまりにすばらしくて、窒息しそうというわけだ。

それがデパートで売られているクリスマスの幻想であり、タンペレのストックマン・デパートも例外ではなかった。

クリスマス・プレゼントを買うという行為も、ルミッキは嫌いだった。負担に感じるし、わざとらしいし、無意味だと思う。プレゼントは贈りたいときに贈ればいい。季節に関係なく。クリスマス・プレゼントを買うのは、しなければならないと決められていて、避けようのない儀式なのだ。

しかしルミッキは、サンプサへのプレゼントを買わずにすませることはできないとわかっていた。サンプサから、心を込めて選びぬいた美しいプレゼントを渡されて、自分のほうは、あわてて買った、個性のないありふれた品を渡すところを想像すると、いまからもういたたまれない気分になってしまう。なにしろ、サンプサは贈り物の天才なのだ。ルミッキはすでに、そのことに気づいていた。

サンプサはこれまでに、なにか不思議な勘を働かせて、ルミッキにぴったりのプレゼントを贈ってくれた。それは、非の打ちどころのないネックレス――シンプルなシルバーのチェーンに、小さな黒い石がひとつ下がっている――だったり、世界一すてきな手帳だったり、指先がオープンになった五本指の手袋だったりした。窓枠のすきまから冷たい風が吹き込んでくるとき、ルミッキはいつも家の中でその手袋をはめている。

サンプサは、べつになんでもないことのように、さりげなくプレゼントを渡してくれる。見返りなんかこれっぽっちも期待せず、これこそプレゼントを贈る最高の方法だ、と思えるやりかたで。相手に恩や負い目を感じさせない形で贈り物をする才能が、サンプサにはあった。彼のそういうところを、ルミッキはとても尊敬しているのだが、だからといってクリスマスになにもしないわけにいかないことは、わかっていた。

それにいまは、輝く照明と、うんざりするほどにぎやかなクリスマス・ソングの渦の中に、いっときでも放り込まれていたいと感じている。ストーカーからの手紙のことを、頭から締めだしたい。あの手紙にどう対処すればいいものか、ルミッキにはわからなかったし、物事があやふやな状態に耐えられない彼女としては、手紙のことは忘れたいと思っていた。少なくとも、しばらくのあいだは。そのうちに、潜在意識がなにか解決策を見つけだしてくれるかもしれない。

「しっかし、つまんないものばっかり売ってるよなあ」

ルミッキの後ろでだれかの声がした。

振り返ったルミッキの目に、ティンカとアレクシの姿が映った。このふたりが、土曜日に、しかも学校の外で一緒にいるなんて、どうしたのだろう。舞台監督のティンカと王子役のアレクシは、気が合わないのだとルミッキは思っていた。

「たとえばさ、こんなの、どこのまぬけがほしがると思う？」アレクシがいった。

彼が指さしたのは、机の上に置くらしい、アルファベットをかたどったディスプレイで、うねるように書かれた〈I　LOVE　YOU〉の文字が赤く点滅していた。

「夜中にチャイムが鳴って、玄関に飛んでいったら、アパートの通路にこんな代物が置いてあるなんて、どんな気持ちになるかな」ティンカが笑った。「ぞっとしすぎて、死んじゃうかも」

ルミッキは身じろぎした。

「ここじゃクリスマス・プレゼントの買い物なんて無理かもね」

さらりとした調子に聞こえるよう声音を調整しながら、ルミッキはいった。

「サンプサにプレゼント？」

ティンカが早口に聞いてきた。ルミッキはうなずいた。

「あいつ、ラッキーな男だよね。あんたが選ぶプレゼントなら、完璧に決まってるもの」

ティンカの微笑みには、妙に悲しげな色合いがまじっているように、ルミッキには思えた。しかし、それを詳しく分析しているひまも、そんなことで頭を使うつもりも、いまのルミッキにはなかった。

「買い物、楽しんで」

そう告げると、一緒に買い物しようと誘われる前に、ルミッキはその場を立ち去った。

クリスマスグッズ売り場を後にして、下りのエスカレーターに乗り込む。書籍売り場に行けば、これは、と思えるものがあるかもしれない。サンプサが心から気に入ってくれそうなものがさっぱり見つけられず、ルミッキはぐったりしていた。恋人の好みがわかっていないということだろうか。そうは思いたくなかった。ただ、これでもかというほどあたりを覆いつくす、〝お金を使え〟というメッセージに圧倒されて、頭が働かなくなっているだけだ。なにもかもが、ばかげた味気のないものに見えてしまう。

書籍売り場で、ルミッキは何冊もの本にあてどなく手を伸ばした。やはりどの本もサンプサの名前をささやいてはくれない。

「こんなふうにして会うのは、やめにしないと」

その声が聞こえた瞬間、ルミッキの腕にさあっと鳥肌が立った。かたわらにリエッキが立っていた。

「短いあいだに、もう二度めだ。これは運命にちがいない。今日はコーヒーに付き合ってくれるかな？」

笑みを含んだリエッキの目を見たルミッキは、イエスの返事をするつもりがあるかどうか考えるより早く、気づいたときにはうなずいていた。

7

12月9日 土曜日

二時間が経ち、大きなマグカップでコーヒーを四杯飲んだころ、ルミッキは心の中で、これまでに過ぎた一年強の時間はどこへ消えてしまったのだろう、と考えていた。まるで、かつて時間が止まったところから、ふたりしてまた動きはじめたかのようだった。体が引き裂かれるように苦しかった別れの日からではない。そうではなく、その少し前、ふたりのあいだに言葉がよどみなく交わされ、とめどなくあふれつづけていた、あのころの続きをまた始めたような気がした。

いまもふたりは、あのころと同じように、ルミッキが暮らす部屋のキッチンテーブルを囲んでいた。コーヒーを飲みながら。おしゃべりしながら。

「日を追うごとに、幸福感がどんどん大きくなってきてるし、ぼくはますます完璧な自分に近づいていくよ」

　そう話すリエッキのまっすぐで穏やかな目を見て、この人は真実を語っている、とルミッキは感じた。

　性別適合のプロセスの中身については、リエッキはあまり詳しく教えてくれず、ルミッキも根掘り葉掘り聞く気はなかった。いい経験だったと思えることだけを分かち合おうとするリエッキの気持ちを、尊重したかったからだ。これはリエッキ自身の体にかかわる問題、リエッキ自身の肉体的なありようにかかわる問題なのだから。

「ひとりになることも、人付き合いを絶つことも、すべてぼくには必要だったんだ。孤独はぼくを強くしてくれたし、そのおかげでやり遂げることができた。きみを、本当に、ずっとするほどひどく傷つけてしまったことは、もちろんわかってる。だから、苦しめたことを謝りたいんだ」

　リエッキの言葉は率直で、明るく澄みきっていた。しかしルミッキは返事をすることができなかった。返すべき言葉を、持っていなかったから。

　返事をする代わりに、ルミッキは冬と夏の出来事をリエッキに話した。犯罪に巻き込まれてしまったこと、数々の危険な状況とそこから逃れたときの様子、死を身近に感じたこと。

「プラハの一件は、ぼくも新聞で読んだよ。信じられない事件だね」

　そういって、リエッキは何度も首を振った。

「あたしって、危ないことに引き寄せられる傾向があるみたい」

ルミッキはジョークにまぎらわせようとしたが、笑顔をつくることができなかった。気まずさを隠そうと、あわててコーヒーをひと口飲んだが、カップの中身はすでに手のぬくもりと変わらないくらいぬるくなっている。リエッキとふたりのときは、いつもこうだった。話したいことがたくさんありすぎて、コーヒーはろくに手をつけずにいるうちに冷めてしまうのだ。

ただルミッキは、かつて姉がいたという記憶がよみがえった、という事実はリエッキに話さなかった。脅迫状めいた手紙のことも、話してしまえば楽になれると思いつつ、やはりだまっていた。

もしも話せば、〈影〉は手紙に書かれていた血の惨劇を現実のものにするかもしれない。そんなリスクを冒すわけにはいかないのだ。

それでも、自分の話にリエッキがどれほど心を動かされたか、ルミッキにはわかった。守ってやりたいという欲求がリエッキの目の中にわきあがるのを感じた。リエッキの手がテーブルの上をそっと動き、ルミッキの手を握ろうと近づいてくる。

「ところで、あたしいま、付き合ってる人がいるの」

ルミッキは急いでそう口にした。

リエッキは手を引っ込め、何気ないふうを装ってコーヒーカップをつかんだ。

「それはよかった」

ゆがんだ笑みを浮かべて、リエッキはいった。

ルミッキは、サンプサの長所という長所を早口に並べたてた。リエッキは落ち着いて聞いている。その表情は、サンプサとかいうやつはルミッキの人生においてたいした意味を持つ人物じゃない、といいたげだった。その態度に、ルミッキはわずかな腹立たしさを覚えた。一年以上も姿を消していたくせに、いまになってルミッキの世界にすんなりもどれると思っているのだろうか。ルミッキが過去のすべてを忘れ、腕を広げて迎え入れるとでも思っているのだろうか。

もしもそんな想像をしているとしたら、リエッキはむかつくほど図太い人間だ。それに、考えちがいをしている。

リエッキは立ち上がって蛇口に歩み寄り、グラスに水をついだ。やがてテーブルのそばにもどってきたが、椅子(いす)にすわろうとはせず、両手をルミッキの肩に置くと、わざとらしさのない手慣れた様子でマッサージを始めた。

「がちがちに凝ってるじゃないか」リエッキがいった。

ルミッキは、もごもごとはっきりしない返事をつぶやくのがやっとだった。やめて、と告げるべきだと、わかってはいた。首や肩のマッサージは、友達同士なら他愛のないスキンシップかもしれないが、ルミッキとリエッキは友達同士ではない。やはり、ちがう。ただの友達ではない。まだ、そうではない。おそらく、永遠にそうはならない。

ルミッキは、やめて、という言葉を口にしなかった。たしかに肩が、こんなにひどいのは生まれて初めてというほどがちがちに凝り固まっていて、マッサージされると気持ちよかったのだ。リエッキの手はルミッキにはなじみ深く、どんなふうに触れればいいかちゃんとわかってくれていて、肩の緊張をほぐしていく。血のめぐりがよくなってさらさらと流れだし、ぎゅっと縮こまっていたなにかが溶けて消えていくのを、ルミッキは感じていた。リエッキの手は温かく、その感触はやわらかで、同時に強い意志を感じさせる。リエッキは、ぐいぐい押したりつかんだりして力ずくで筋肉をほぐそうとはしなかった。最初はごく軽い力で、少しずつ強さを増しながら、深いところまでマッサージしてくれる。なかなかほぐれない手ごわい部分に来ると、その手は長いこと立ち止まり、指の下で筋肉が温まるのを辛抱強く待っている。

ふたりとも、なにもいわなかった。

12月9日 土曜日

たったひとつの解決策は　立ち上がって戦うことだった
あたしの体はあざだらけで　あたしは燃えていた
あなたは聖なる儀式のように近づいてきた
あたしが燃えていても　唯一の光はあなた

BGMには、イギリスのバンド、フローレンス・アンド・ザ・マシーンの曲が流れている。この曲を選んだことをルミッキは後悔していた。いや、後悔といったらうそになる。この曲をかけることの意味は、自分でわかっていた。どんな雰囲気になるか、ちゃんとわかっていたのだ。

リエッキに触れられたルミッキは、ほとんど夢を見ているような甘い世界へ沈んでいった。しばらくのあいだ、ほかのことはすべて忘れ去っていたかもしれない。恐怖も。不安も。なにも考える必要はない。心地よく力がぬけた感じと、ぬくもりとが、肩から全身に広がっていく。

どれほどの時間が流れたのか、ルミッキにはわからなかった。ふいに、マッサージの感じが変わっているのに気づいた。マッサージというより、愛撫になっている。リエッキの手に首筋を優しくなでられるたびに、ルミッキの脊髄(せきずい)をしびれるような感覚が駆け下りた。心地よく力のぬけた感じが、徐々に消えていく。ルミッキの中に、あかあかと燃える火がともった。リエッキの手はルミッキの首の脇(わき)や耳たぶを愛撫し、また首筋にもどっていく。温かな息がルミッキの肌にかかる。

ふたりして、向かい合い、抱き合って、呼吸が速まって、唇が触れ合って。

ふたりして、シャワールームの中、裸の体、滑る肌、湿り気を帯びて、びしょびしょになって、背に当たる固いタイル、狭い空間にこだまする声。

ふたりして、ルミッキのマットレスの上、波打つシーツ、吐息、相手の肩に当てた歯、止められずにほとばしる絶叫。

ふたりして、ふたりだけの森の中、あたりに立ち込める針葉樹の香り、だれにも見つからず、影の中に隠れて、互いに相手をとらえ、相手の中に消えて、どこか遠く、はるかに遠いどこか上のほう、木々の枝のすきまに、星の光がきらめいていて。

ルミッキは空想からわれに返った。さっと立ち上がり、リエッキから離れる。

「もう帰って」

ルミッキはリエッキから視線をそらし、なにもない空間をにらんだ。目を合わせる勇気はなかった。リエッキの目を見てしまったら、追いだすことなんてできなくなりそうだった。

リエッキはなにも聞かなかった。あわてた様子もなく玄関に向かい、だまったままコートを着込んでいる。しかし、ドアの前に立つと振り返り、笑みを浮かべて、口を開いた。

「じきにまた会うことになるよ、ぼくのプリンセス。きみにもわかってるはずだ。ぼくたちはお互いに、あまり長いこと離れていられないようにできているんだから」

そういうと、リエッキはルミッキの返事を待たずに去っていった。

ルミッキはじっとドアを見つめつづけていた。リエッキが正しいことは、わかっていた。

人間が、互いにどれほど残酷になれるものか、私はこれまでに幾度となく目にしてきた。特に学校ではそういうことが往々にしておこなわれる。子どもや若い人たちは、相手の弱点を見つけだしては、容赦なく攻撃する。彼らは獣なのだ。学校は狩りの場であり、戦場だ。強い者だけが勝者として生き残る。

本当のところ、だからこそ私は夢見るのだ。あの脅迫を現実のものにしたいと。

すべての人間が、この芝居を観るだろう。

すべての人間が、講堂の中で、静まり返って。

初めに、舞台の上が悲鳴と血と死体でいっぱいになる。パニックが起きる。ドアにはすべて鍵がかかっている。

次は観客の番だ。ひとりずつ、順番に。逃げられる者はひとりもいない。私の手で講堂をくまなく真紅に染めてやる。

シェイクスピアが『マクベス』の中で書いている。

「人生はさまよい歩く影、哀れな役者に過ぎず、出番のときは舞台の上を精一杯、走りまわるが、しょせんは消えていく――愚か者の語る物語、騒々しく、激情に満ちてはいるが、そこに意味などありはしない」

あいつらも思い知るだろう。だれよりも強く、だれよりも残酷で、だれよりも狡猾（こうかつ）な者でさえ、無敵ではないということを。あいつらはそれを、世にも恐ろしい体験をもって、思い知るだろう。

生と死の掟（おきて）を。

12月9日 土曜日

12月10日

日曜日

8

ルミッキは嫉妬を覚えていた。こんなにだれかがうらやましいと思ったのは、生まれて初めてだ。ほかのだれかになりたいと思ったことなら、何度もある。家族の前で体の青あざを隠したり、下唇から出ている血を飲み込んだりする必要がなく、あざや傷はつまずいたり転んだりしたせいだと弁解しなくてもいい、そんなだれかになりたかった。しかしその気持ちは、純粋にほかの人がうらやましいというよりも、自分自身の人生からぬけだしたいと願う、絶望から生まれた欲求だった。

サンプサの父親が、薄焼きパンケーキを山盛りにした皿を運んできて、ソファーの前のテーブルに置いた。

「最高の出来とは、いえないけどな」

「そりゃそうよ、あなたったら焼いてるあいだずっと、片方の目がiPadのゲームに釘づけなんだもの」

サンプサの母親はそういいながら、夫の腕を優しくなでている。妹のサーラが、椅子の上で体を揺すり、大声で宣言した。

「あたし、パンケーキ、六つ食べる！」

「そんなに食べたら、お腹が破裂しちゃうぞ」

サンプサが応じる。

「ハラヘッテシニソウって、こういうときにいうんでしょ？」

サーラは得意そうにいった。サンプサは笑いだしたが、サーラはきょとんとしている。

サンプサの母親が夫の顔をちらりと見た。

「あんな言葉、あなたが教えたの？」

サンプサの父親は、なんのことやらさっぱりわからないな、という顔をして、肩をすくめた。

「子どもってのは、耳に入る言葉を片っ端から覚えるもんさ」

家族のやり取りを、ルミッキは戸惑いながら聞いていた。優しさと愛情のこもったからかいの言葉がひっきりなしに飛び交い、みんなが常に笑い合っている。こんな家庭には慣れていない。

サンプサの家族は、だれもが休みなしにしゃべりつづけているようだった。こっちでだれかが口を開いたかと思うと、次の瞬間にはほかのだれかがしゃべっていて、まるでボールがぽんぽん跳ねまわっているようなめまぐるしさだ。ボールの一部は床に落ちるが、気にする人はだれもいない。一見、コミュニケーションがぐちゃぐちゃに混乱しているようだが、実際はそうでもなさそうだ。全員がおおむねちゃんと話題についてきている。四歳になったばかりのサーラでさえも。

いずれにしても、温かみのある混乱、というのが、サンプサの実家を描写するのにぴったりの言葉だった。きれいに片付いた家だとはお世辞にもいいがたい。あちこちにいろんなものが放りだされているし、おもちゃは床に散らかったまま、衣類は椅子の背に重ねられ、新聞や雑誌の束やら、本の山やら、開きかけの箱やら、これから発送するのか届いたところなのかわからない小包などがあふれている。ルミッキの実家がこんな状態になることは、けっしてないだろう。

サンプサの家族がうらやましくて、ルミッキは胸が痛くなるほどだった。どこから見ても、彼らが目の前の一瞬一瞬を楽しんでいるのがわかる。この家族は、互いのことを思いやり、一緒にいればくつろげると感じ、だれもが愉快に過ごしている。いまはルミッキというよそ者がいるのに、無理をしている感じも、取りつくろったり演技したりしている様子もなく、ごく自然にふるまっていた。この家族はルミッキのことを、長いあいだ行方知れずだった親類が、しばらく一緒にいさせてほしいとひょっこり訪ねてきたのを受け入れるかのように、迎え入れてくれた。

サンプサの実家に足を踏み入れたときほど大歓迎された経験を、ルミッキは一度もしたことがなかった。ルミッキ自身のパパの親類、スウェーデン系フィンランド人の一族は、楽しげに歌ったりおしゃべりしたりしていても、常にどこかよそよそしい感じがした。彼らに囲まれていると、ルミッキはいつも、自分が黒い羊だと思ってしまう。もっと陽気で社交的な人間になることを望まれている、黒い羊。一方で、サンプサの家族はサンプサ自身にそっくりだった。なにも要求せず、なにも望まないのだ。

くつろいだ様子のサンプサが、にこにこしながら妹にパンケーキを取り分けてやっているのを、ルミッキは横目で眺めていた。家族と一緒のときにあんな顔になることは、自分には絶対にありえないと、ルミッキにはわかっていた。

サンプサは、なにもかもがとてもうまくいっている世界の住人だった。彼にとって、幸せなのは当たり前のことで、しかもその幸せは文句なく彼にふさわしいものなのだ。彼は、ほかの人に対して優しく親切に接するだけのゆとりを持っている人だった。彼の世界には、口にされない秘密も、脅迫状も、死の恐怖も存在しない。彼の世界では、恋人がかつて愛した相手に首筋をマッサージしてもらうことなどありえない。その相手に触れられれば、禁じられた欲望がわき上がると承知の上で触れさせることなど、絶対にないはずだ。

サンプサの家族を眺めていたルミッキは、突然、自分は本当にぞっとするほどひとりぼっちだという感覚に襲われた。ルミッキの恐怖、ルミッキの中にあるいくつもの暗黒、血のように赤い怒り、ルミッキの森に潜む黒々とした影たち、ルミッキの中の黒い水、奥底を流れる深い川。こういうものは、彼らの人生にはけっして存在しないだろう。彼ら――幸福で、快活で、冗談を言い合い、ふざけ合い、にぎやかで、そのおしゃべりはときとして気に障るほどで、それでもやはりあらゆる意味で感じのいい、彼らのような人々の人生には。

「おててがべたべたになっちゃった！」

サーラが真っ赤になった手のひらをみんなに見せながら叫んだ。結局、パンケーキは三つ食べたところでお腹がいっぱいになったようだ。

「当たり前だよ、パンケーキにイチゴジャムをてんこ盛りにしてたじゃないか。しかも、手づかみで食べてたし」

サンプサが身をかがめて、妹の手をナプキンでふいてやっている。

べたべたするイチゴジャム。赤くて。ねっとりして。生温かい。血。

数々のイメージがルミッキの脳裏をかすめたが、あまりにすばやく消えてしまったために、しっかり把握することができなかった。床に点々とこぼれるジャム。どんどん広がっていく血だまり。ルミッキはかすかに首を振った。いったい、これらの情景は、どこから心に飛び込んできたのだろう？

「あっちへ行って遊んでもいい？」

サーラが待ちきれない様子で聞いた。

「いいわよ」

母親が答えている。

「ルミッキとお姫さまごっこをするの」

そういって、サーラはまだ少しべたべたする手でルミッキの手を取った。

その感触に、ルミッキはぎくりとした。血まみれの手。どんなにつついても動かない手。ゆっくりと冷たくなっていく手。

「ルミッキはまだパンケーキを食べたいかもしれないよ。きちんとお願いしなさい」

父親がいった。

「大丈夫、一緒に遊ぼうね」

ルミッキはあわてて答えた。稲妻のように脳裏を飛び交う不気味なイメージの連鎖を、頭から追いだしたかったのだ。

サーラはルミッキの頭にフリルのついたチュールの布をかぶせ、自分は服の上からバラ色のワンピースを着込んで、手にした棒を振りまわした。

「これはね、魔法の杖(つえ)だけど、剣にもなるの」

きらきら輝く棒を見せながら、得意げに教えてくれる。

「へえ、便利ね。もしも怪獣が来たら、その棒で魔法をかけちゃったり、戦ったりできるんだね」

チュールの布がこそばゆかったが、ルミッキはそのままにしておいた。遊んでいるあいだ、ちょっとしたくすぐったさはもちろん我慢してあげられる。

「怪獣はお友達だからいいの。だけどね、もしも悪い王子さまが来たら、あたし、首をちょんぎってやるの。それから、魔法でかわいいカエルに変身させちゃうんだ」

ルミッキは思わず口元をほころばせた。この家族は、昔ながらのおとぎ話の設定に大幅な変更を加えてきたらしい。サーラはバラ色のワンピース姿で元気よく踊りはじめた。バラ色のドレスの、小さないばら姫。

そのとき、〈影〉からのいちばん新しい手紙がまたしても心をよぎり、ルミッキはそれを心の奥の隅に押しやろうとした。しかし手紙は意識から消えない。そこに書かれていた言葉が勝手によみがえり、岸辺に打ち寄せる波のように次々と襲いかかってくる。波はいよいよ高くなり、いよいよ白く泡立ちはじめた。

いばら姫。バラの少女。

足から力がぬけて、ルミッキは床にへたり込んだ。これは、夢の中の出来事でも、あやふやな想像でもない。これは現実、はっきりとした記憶だ。

バラの少女。ローサ。

ルミッキの姉の名は、ローサといったのだ。

12月11日

月曜日

9

ルミッキは塔の上の部屋にいて、冷たい石の壁にぎゅっと体を押しつけていた。まったく音を立てず、身じろぎひとつしない。その姿は、初めのうちはただの影にすぎなかったが、やがて石の壁に溶け込み、その一部になった。ルミッキは全身をこわばらせた。手も足も動きを止めた。心臓が石になった。呼吸する音も聞こえない。彼女は存在していない。

ひとたび部屋の扉が開けられれば、利用できる時間はほんの数秒しかない。それはわかっていた。すばやく襲いかからなくては。ルミッキは銀のくしをぐっと握りしめ、その鋭い歯をそっとなでた。指先をくしの歯に強く押しつければ、歯が皮膚を突き破って、真っ赤な大粒の血のしずくが指にぷつぷつと浮かぶだろう。くしには美しく曲線を描く浮き彫りの装飾が施されていて、手のひらに当たるその感触は、励ましを与えてくれ、守ってくれるようだった。装飾はからみ合うバラをかたどっている。

いばら姫。糸車のつむに指を刺され、百年の眠りに落ちた少女。

ローサ。永遠の眠りについた少女。ルミッキの姉。

だめ、いまそのことを考えてはいけない。いまは、いつ扉が開けられるか、そのことだけに集中しなくては。すべての感覚、すべての思考をそのことに向けなくては。

近づいてくる足音がルミッキの耳に聞こえた。足音のリズムから、待っている相手が来たとわかった。ルミッキはその人物を憎んでいた。真っ赤なぎざぎざで縁取られた、燃えるような怒りのせいで、目がかすんでしまうほどに。ルミッキを閉じ込め、ルミッキの息を詰まらせ、ルミッキがこの世でただひとり愛した人を殺した人物。ルミッキの憎しみは深かった。相手の命を奪う覚悟ができているほどに。

足音が扉の向こうで止まった。鍵穴に差し込まれた鍵が、見ていて苦しくなるほどゆっくりとまわされる。ルミッキはくしを握る手に力を込めた。扉が開き、王子が中に入ってくる。ルミッキの姿は開けられた扉の陰になって、王子には見えない。王子は怪訝な顔でだれもいない部屋の中を見まわしている。

その瞬間、ルミッキは扉を蹴(け)って閉め、王子に襲いかかった。力強い一撃で、くしの鋭い歯を王子ののどに深々と突き立てる。王子は倒れ伏し、のどもとをつかんだ。

血。赤くて、温かくて。王子の心臓が鼓動するたびに、どくん、どくん、とあふれだす命の液体が、流れだしていく一滴ずつが、王子を死へと押し流していく。

「助けてくれ」

死にゆく王子がルミッキにすがろうとする。

「助けないわ、絶対に」

ルミッキは王子の脇に立って、彼の顔から生気が消えていくのをじっと眺めていた。時間は十分にあるのだ。このひとときを、ルミッキは楽しんでいた。

死ぬがいい、わたしを苦しめた者よ。あなたはわたしを永遠の眠りの底に沈めようとし、ガラスの棺に再び押し込めようとした。あなたはわたしを、美しくて物いわぬ飾り物として鑑賞したかっただけ。思考や感覚や欲求を持つ人間としてではなく。だけど、わたしを征服しようとしても、そうはいかない。わたしは、自分の意志を持つ、わたし自身という存在。あなたの望みどおりにふるまったりはしない。

「いいわ、よかったわよ。すっごくよかった。ルミッキ、その調子をキープして」

ティンカが目を輝かせながら舞台に上がってきて、ルミッキの腕に触れた。ルミッキはびくっとした。いつのまにか呼吸がだいぶ速まっている。両手は震えていて、血まみれになっていないのがかえって不思議に思える。温かい、ねっとりした血が手についているような感覚があった。イチゴジャムのようにねっとりした血。ルミッキの心はまたしてもどこか遠い世界に飛んでいってしまい、役柄に深くのめり込んでしまって、芝居の中の出来事がすべて本当に起きたかのような感覚を味わっていた。

「こいつが、ぼけっと突っ立ったままおれが死んでいくのを眺めてるのって、なんかうそっぽくないか？　むしろ、大あわてで逃げだすのが自然じゃないのかな」

12月11日 月曜日

アレクシがのどをさすりながらいった。

「ここはすごく重要な場面なのよ。白雪姫(ルミッキ)の復讐。ヒロインがしばらくのあいだその場で立ち止まるのは、当然のこと。観客にも立ち止まってもらわないと。それに、そもそもこの芝居は、リアリズムを追求してるわけじゃないから」

ティンカの声がいらついている。彼女がアレクシに話しかけるときは、いつもこうだ。

「はいはい、わかりましたよ。舞台監督はおまえだからな。どうせ、おまえがやりたいようにやるんだろ」

そういってから、アレクシはルミッキのほうに身をかがめてきた。

「例のくしだけどさ、できれば今度からちょっと加減してくれないかな。ここ、けっこうな傷になってるぜ」

アレクシが指さして見せたのどもとには、赤く跡がついている。

「わかった。ごめん」

本当は、アレクシののどから本物の血が噴きださないので不思議に思ったのだ。しかし、そんなことを口に出すわけにはいかなかった。くしを突き立てようとする手を適当なところで止めるはずだったのに、そんなタイミングがあったという記憶がない。

「じゃ、今夜の稽古はここまでにしましょう」

ティンカがぱんぱんと手を叩きながらいった。みんなが帰り支度を始める。サンプサが近づいてきて、ルミッキの体に腕をまわした。

「今夜はきみの部屋へ行けるよ。ふたりで白雪姫と狩人ごっこをしよう」

サンプサのささやき声がルミッキの耳をくすぐった。

「狩人は死んだじゃない」ルミッキは笑った。「死体と愛し合うなんて、できるかしら」

「きみが本気で誘ったら、ぼくは死からよみがえるかもしれないよ」

ふたりがささやき合っているのを見ていたティンカの目が、わずかに細められた。

「おふたりさんのために別室を用意する羽目にならないうちに、さっさと帰ったほうがいいかもね」

アレクシが笑い声を上げた。ティンカの声の調子がなにを意味するのか、ルミッキにはよくわからなかった。おそらく嫉妬が含まれていただろう、しかし、なにかほかのものもまじり込んでいたのではないだろうか。もっと鋭く、刺すようななにかが。

やがてみんなは鏡の設置されたエントランスホールに着いたが、そこに広がっていたのは、目を疑うような光景だった。

床いちめんに、真っ赤なバラの花びらがまき散らされていたのだ。

「こんな悪ふざけ、だれのしわざよ？」

ティンカがみんなに問いかけた。しかし口を開く者はだれもおらず、ただ互いに顔を見合わせながら肩をすくめるばかりだ。

12月11日 月曜日

「ぼくらのほかには、だれもいないはずだよ」声を上げたのはサンプサだった。

「ちょっと！　だれかいるの？」ティンカがどなった。

だれか、だれか、だれか……ティンカの声は、がらんとした廊下の壁にむなしくこだました。返事は返ってこない。

「気味が悪いな」アレクシがつぶやいた。

ルミッキは花びらを見つめながら、頭をしびれさせ、吐き気を催させるその香りを鼻孔に感じていた。

ルミッキにはわかっていた。バラの花びらは自分へのメッセージだと。あの手紙の人物が、いばら姫のことを思いださせようとしたのだ。ルミッキはすでに、いばら姫に似た名――ローサというその名を思いだしているが、相手はまだそれに気づいていないらしい。そう思うと、少し勝ち誇った気分になった。どんなささいなことであれ、〈影〉の予測の先を行っていると確信できたから。


むかしむかし、小さな衣装箱の鍵穴にぴったり合う鍵がありました。ふたりの幼い女の子が、いつもその箱で遊んでいました。ふたりにとってそれは宝物の箱で、ふたりはその中に、アクセサリーや、小石や、鳥の羽根や、形のきれいな松ぼっくりや、美しく色づいた秋の落ち葉や、びんのコルクや、ビー玉や、ふたりだけのさまざまな秘密を、しまっておきました。

ふたりはお姫さまで、いつか大人になったら、衣装箱いっぱいの宝物をお金に換えて、世界中を旅してまわるつもりでした。

けれどあるとき、衣装箱は空っぽになりました。女の子たちのすばらしい宝物は、そっくりなくなってしまったのです。代わりに衣装箱に詰め込まれたのは、それまでとはちがう宝物と、それまでとはちがう秘密でした。けれど、それをお金に換えて世界中を旅することは、だれにもできません。それに、女の子のひとりがどこかへ旅することは、もうなくなってしまいました。

むかしむかし、長いあいだじっと待ちつづけている鍵がありました。

むかしむかし、もう一度あの箱のふたを開けたい、すべての秘密を明らかにしたい、と望んでいる鍵がありました。

むかしむかし、ひとつの鍵がありました。その鍵は、それまでずっと置かれていた秘密の場所から、ほかの隠し場所へ移されたのです。冷たい石のくぼみに。

12月12日

火曜日　未明

10

暑さと息苦しさを感じて、ルミッキは目を覚ました。携帯の時計をちらりと見る。午前三時二十分。本来なら、眠りが最も深くなり、すやすやと満ち足りた夢を見ているはずの時刻だ。

サンプサの腕がルミッキの体にまわされていて、彼の体温が伝わってくる。いつもなら心地よさしか感じないが、いまのルミッキには少し暑すぎた。サンプサの腕からすりぬけ、ベッドから立ち上がる。サンプサはむにゃむにゃと寝言をいったが、やがて寝返りを打ってこちらに背を向けると、再び規則正しい寝息を立てはじめた。安心して幸福な夢を見ている人。ルミッキはサンプサの後頭部に目をやり、手を伸ばして髪をくしゃくしゃにしながら、彼への温かい思いがゆっくりと自分の中に満ちていくのを感じていた。

いとしい、いとしいサンプサ。無邪気な子どものように眠っている彼。目を覚ましているときも、驚くほど無邪気な人。サンプサは恐れを知らない。それは、いままでに一度も真の恐怖を味わったことがないからだ。彼は自分自身の価値をちゃんと知っている。それは、彼という人間の価値に疑問を投げかける人も、その価値を小石のように蹴飛ばして地面の穴に落とす人も、これまでにひとりもいなかったからだ。

キッチンに入りながら、ルミッキは後ろ手にドアを閉めた。明かりをつけ、コーヒーをいれようかと考えた。コーヒーを飲んだらもう眠れなくなるかもしれないが、いまはコーヒーの強い香りとなじみ深い味が必要だった。最初のひと口は鋭くかみついてくるようだが、それが過ぎると豊かな味わいに変わり、飲んでいるとリラックスできて、同時に頭がしゃきっとする。すべての感覚が研ぎ澄まされる。

直火式のエスプレッソ・メーカーに手を伸ばしかけたとき、携帯の画面がちらちらと点滅しているのに気づいた。ショートメッセージが届いたようだ。こんな時間にメッセージを送ってくるなんて、どこのだれだろう。

> 私のルミッキ。目を覚ましているんだね。きみの家の窓辺に明かりが見えるよ。眠っている恋人を起こそうなんて考えるのはやめろ。これは、きみと私と、ふたりだけの問題だ。大切なことはすべて、われわれふたりだけの問題なのだ。

ルミッキの口はからからに渇いていた。うまくつばを飲み込めない。呼吸が苦しくなる。メッセージは匿名で利用できる伝言サービスを経由して送られたもので、送信元としてはサービスセンターの番号しか表示されておらず、本来の送信者の番号はわからなかった。ルミッキをつけ狙う人物は、万が一にも身元が割れるような手がかりを、まったく残していなかった。

逃げろ。隠れろ。明かりを消せ。

それがルミッキの頭に最初に浮かんだ考えだったが、そんなことをしても無意味だとすぐに考え直した。すでに姿を見られている。身を隠すことはできないだろう。そこで、ルミッキはできるかぎりしっかりした足取りで窓に歩み寄ると、外の闇に目をやった。両手の震えを抑えながら窓ガラスに押し当て、手で光をさえぎって、外の世界をのぞく小さな穴を作った。

公園に人影はない。木々の影も動いていない。しかし、陰鬱（いんうつ）な闇に包まれた場所はいくらでもあり、メッセージを送ってきた人物がどこに隠れていてもおかしくはなかった。いや、もしかするとその人物は、向かいの建物にいるのかもしれない。ほとんどどこにでも、隠れている可能性がある。相手はルミッキを見ている。しかしルミッキには相手が見えない。

二通めのメッセージが届いた。

外へ出てきてほしい。見せたいものがある。

絶対に行くものか。ルミッキは携帯を壁に投げつけた。こっちに自己防衛本能が備わっていないとでも思っているのだろうか？　こんな夜中にたったひとりで、正気を失った人物にそそのかされてふらふら出歩くなんて、そんなことをすると思っているのだろうか？　自分がときとして無謀な行動を取ってしまうことはルミッキにもわかっているが、いくらなんでもそこまで頭がいかれてはいない。

テーブルの前にすわり、携帯を拾おうと手を伸ばした。電源を切ってしまおうと思ったのだ。相手は朝までメッセージを送りつづければいい。こっちはもう、一通も読む気はない。

まさにそのとき、三通めが届いた。

12月12日 火曜日 未明

外に出てくるつもりはないようだね。残念だよ。それならば、私は今夜、別なことをしなければならない。いま、私の目の前にアンナ＝ソフィアの住所を記したものがある。彼女にちょっとあいさつしてこよう。きみから彼女に連絡するかい？　もしそのつもりなら、急いだほうがいい。朝になってからだと、彼女はもう、きみの言葉を聞くことができなくなっているはずだからね。きみの言葉だけでなく、どんな言葉も聞こえなくなっているだろう。

ルミッキがあわてて立ち上がったので、椅子がガタンと音を立てた。こんなメッセージ、はったりに決まっている。こんな脅し、意味なんかない。アンナ＝ソフィアの家になんか、この人物が行くわけがない。どうすればルミッキをおびき出せるか、試しているだけだ。

だけど、もしも相手が本気だとしたら……？


気が変わったかな？　きみにはふたつの選択肢がある、私のルミッキ。いますぐ外に出てくるか、夜が明ける前にアンナ＝ソフィアが死ぬか、どちらかだ。きみはおそらく、アンナ＝ソフィアが死ぬことを望んでいるのではないかな？　そうだとしたら、私は喜んでそれを実行する。愛するきみのためだけに。


いまここでリスクを冒すわけにはいかないと、ルミッキは悟った。相手が何者かはわからないが、こちらの事情を異様なほど詳細に把握しているのはたしかだ。それに、どんなことでも実行する用意が、本当にあるのかもしれないのだ。

服を着替えた。コートを着込む。足元はアーミーブーツで固める。念のために部屋をのぞいて、サンプサがぐっすり眠っていることを確かめる。規則正しい穏やかな寝息が聞こえてきた。ルミッキは大急ぎで、眠れないからちょっと散歩してくる、とメモを書いた。自分が帰ってくる前にサンプサが目を覚ましませんようにと、痛いほど強く願いながら。帰ってこられるとしたら、の話だけど……。

だめ、そんなふうに考えてはいけない。ルミッキは思い直した。今回だって、死の恐怖に屈服するつもりなんかない。死の恐怖はいま、すべてを飲み込む波となって襲いかかってこようとしているが。

外では氷のような小雨が降っていた。建物から道路に出るドアのハンドルを、手が痛くなるほどぎゅっとつかむ。ドアを開けてあたりを見まわしたが、だれもいない。いったいどういうゲームなのか。ルミッキは外に出た。与えられた指示に従って。

再びメッセージが届いた。

12月12日 火曜日 未明

いい子だ。しかし今夜は冷える。きみの体を温めてあげよう。きみの足が速いことは知っている。持ち時間は十五分、ゴールはナシリンナの館だ。十五分以内にゴールできなければ、私は計画を変更し、アンナ＝ソフィアを殺しにいく。さあ、スタートだ。


メッセージの終わりのほうを読みながら、ルミッキはもう全速力で走りだしていた。濡れてすべりやすい公園の通路は、アーミーブーツの下から逃げていくようだ。どうして今回もまた、ジョギング・シューズを選ぶことを思いつかなかったのだろう。どこかで必ず全力疾走しなければならない状況に追い込まれることくらい、とっくにわかっていてよさそうなものなのに。二月の事件以来、ルミッキの人生は常にそうだったのだ。

どの道を通れば最短ルートになるか、頭の中ですばやく計算してみる。ナイステンラハティ通りからラッピ通りを経由してタンペッラ地区を目指すのがいい。灰色がかった茶色のぬかるみが足元でぐちゃぐちゃと音を立て、泥がはねた。冷たい霧雨がコートとニット帽を通してしみてくるし、雨のせいで視界も悪い。街灯が黄色っぽい光を放っている。街灯の光が届かない場所は、どこも完全な暗闇だ。

ルミッキは走りながら時計に目をやり、同時に、こんなことをして意味があるのだろうか、と考えた。なぜこんなことをしているのだろう？　そもそもなぜ、脅迫者がメッセージの内容を実行するかもしれないなんて、気をもんでいるのだろう？　アンナ＝ソフィアにはもう二年以上会っていないし、いずれにしても彼女に用などない。かつて自分を苦しめた相手がどうなろうと、ルミッキにはこれっぽっちも関わりがないはずなのに。

角を曲がってユフラタロ通りに入ったとき、ルミッキは気づいた。これ以外の選択肢を取ることはできなかったのだ。なぜなら、ルミッキの一部は、本当にアンナ＝ソフィアが死ねばいいと願っているから。そうなればいいと、かつてのルミッキは幾度となく願い、夢にまで見た。タンペレに引っ越してきて、あのふたりと会わずにすむようになってからも、やはりそうだった。ルミッキの心のわずかな部分は焼けつくほどに復讐を求め、悪が報いを受けることを望んでいる。アンナ＝ソフィアとヴァネッサのせいで、ルミッキは何年ものあいだ、ひどい目に遭わされるよりいっそ死んでしまいたい、と願いつづける日々を送らざるを得なかったのだ。

正当な復讐だ。

しかし、もしも家から出ずにベッドで眠りつづけることを選んだとして、本当にアンナ＝ソフィアが命を失ったとしたら、ルミッキは自分を責めるだろう。自分のせいだと思うだろう。なぜならそれは、ルミッキの一部がたしかに望んだ結末なのだから。

タイムリミットまであと五分。ルミッキはスピードを上げ、ブーツの底が地面を叩くリズムを速めた。パラツィンライティ橋を渡り、タンペッラ地区からフィンレイソン地区へ向かう。橋の上は滑りやすかった。冷たく湿った空気が肺に負担をかける。それでも、なんとか間に合うだろう。間に合わせなくては。

ナシンプイスト公園は、ルミッキにとってあまり居心地のいい場所ではなかった。ナシンカッリオの丘の上に広がるこの公園は、二十世紀の初めにほとんどむきだしの岩盤の上に建設された、美しい場所だった。夏の季節には豊かな緑がうっとりするほど色濃く生い茂り、公園から見下ろすナシヤルヴィ湖の眺めもすばらしい。園内には、岩の上で育つさまざまな植物が植えられたり、丸い石で組んだ石垣が設けられたりしており、フィンランドでいちばん大きなポプラの木もこの公園の中にそびえ立っている。状況がちがえば、ルミッキはタンペレ市内の公園でここが最高だと思ったかもしれない。

けれどこの場所で、リエッキはルミッキを捨てたのだ。そのせいで、ルミッキはどうしても、この公園に対して悲しみと苦しさのいりまじった気持ちしか持つことができずにいた。

いま、目の前の公園は黒々と、死んだように静まり返っている。さながら悪夢の公園だ。

ナシリンナの館は、公園の中央のいちばん高い場所に、高みに君臨する者ならではの孤独に包まれてたたずんでいた。ルミッキは肺に痛みを覚えながら、最後の力を振り絞って坂を駆け上がった。

ミラヴィダ。現在ナシリンナと呼ばれているこの館は、以前はそんな、美しい響きの名前を持っていたという。ミラヴィダは悲劇の歴史を歩んできた。この建物は、フィンレイソン社の織物工場の所有者だったヴィルヘルム・フォン・ノットベックの息子、ペーテル・フォン・ノットベックが建てたものだ。ミラヴィダとはもともと、ナシンカッリオの脇に立つ木造の別荘の名だった。その後、一八九八年に現在の新しい建物が完成したのだが、ノットベック一家はここで暮らす機会を得られなかった。ペーテルの妻オルガが双子を出産した際に亡くなり、その半年後、ペーテルもパリの病院で盲腸の手術を受けた後に他界してしまったのだ。一九〇五年、豪勢な建物はタンペレ市に売却された。

十二月の漆黒の夜に見るナシリンナにはまるで現実味がなく、建物の幽霊のようだった。幽霊たちの城。ノットベック一家も、死んでしまってからここに移り住んだのかもしれない。

ルミッキは時計を確認した。間に合った。脅迫者に向かって、さっさと出てきて顔を見せなさい、と大声でどなってやろうか。その瞬間、新たなメッセージが届いた。

12月12日 火曜日 未明

タイムリミットまでまだ一分残っているよ。きみは思っていたより足が速いね。ごほうびをあげよう。湖を背にして建物を見たとき、向かって左側に当たる棟の、礎石(そせき)のいちばん下の部分に、小さなくぼみがある。そこに、渡したいものが置いてある。

最初はかけっこ、今度はかくれんぼってわけ。こんなことをして、脅迫者は病的な喜びを覚えているのにちがいない。ルミッキは左側の棟へ向かい、冷たい礎石を指でまさぐりはじめた。なにもない。くぼみなんてどこにもない。もう、うんざりだ。指が冷えて感覚がなくなり、あきらめかけたそのとき、地面のすぐ上のあたりに小さなくぼみが見つかった。手を突っ込むと、なにか金属製のものをとらえることができた。くぼみから取りだしてみる。手のひらに載っていたのは、とても小さな、真鍮(しんちゅう)製の鍵だった。

おめでとう。それは、きみの人生で最大の謎を解く鍵だよ。きみの記憶がすっかりよみがえれば、その鍵がどの鍵穴に合うのか、それも思いだすはずだ。だが、今日はもう家に帰る時間だね。きみの王子が無事に眠っているか、確かめるために。彼がひどい目に遭うことは、きみも望まないだろう? きみを本当に愛しているのは、彼ではないにしても。

家までの道のりを、来たときよりもさらにスピードを上げて走りとおすことができるなんて、ルミッキは思ってもみなかった。恐怖が足に翼を生やしたのだ。もしも、頭のおかしいこの人物がサンプサになにかしたら……。

自宅にもどってみると、なにもかもがきちんとあるべき姿をしていた。サンプサはマットレスの上ですやすやと寝息を立てている。ルミッキは服を脱ぎ、家を出る前に書いたメモをくしゃくしゃに丸めてごみ箱に捨ててから、サンプサの隣にそろそろと身を横たえた。するとサンプサは眠ったままこちらを向き、腕をまわしてきた。サンプサの前髪が濡れている。悪夢を見て汗をかいたのだろうか。

突然、ルミッキは激しい疲労に襲われて、もう目を開けていることができなくなった。眠りに落ちたルミッキは悪夢も見ず、コートのポケットに入っている謎めいた鍵も、夢には出てこなかった。その鍵には、ハートの形の精巧な刻印が施されていた。

人間というのは、実にたやすく他人を信じてしまうものだ。自信に満ちた態度をとり、信頼できそうだという雰囲気をかもし出してやれば、人々はこちらの言葉を疑いもせずに丸ごと飲み込み、すばらしい味のする真実とみなす。

だからこそ、あの鍵をたやすく手に入れることさえ、私には可能だったのだ。人々は私を信頼し、彼らの口は軽くなった。あの人物もそうだった。私が、十分にくつろいだ、気の置けない雰囲気をつくり上げると、彼はしゃべった。人間はアルコールが入ると口数が多くなることも、忘れてはならない。

彼がいったとおりの場所に、あの鍵はあった。

「あの人たちはそれを、本棚の奥、『ティーティアイネンのおとぎの木』っていう子どもの本の後ろにいまでも隠してるんだ。まともじゃないよ、なあ？」

酒に酔った彼はそういったのだ。それよりはるかにまともでない物事が、この世にはたくさん存在している、と思ったが、私は相づちを打った。他人のやりかたに口をはさむことなど、どうしてできるだろう。われわれはみな、自分の秘密を、自分の納得のいくやりかたでしまっておきたい、と思っているのだ。

あの鍵をきみに渡したのは、思いだしてほしいからだ。私の持っている情報をすべて、わかりやすく教えてやってもいいのだが、それではつまらない。きみ自身に、自分の手で見つけだしてほしいのだ。そのほうが、価値が高まるだろう。きみの記憶が、真実としてきみの中によみがえるだろう。

いまはまだ、そんなふうには考えられないかもしれないが、私はきみに贈り物を届けているのだ。贈り物は一度にひとつずつ。きみがいままで、だれからももらったことのない、価値ある贈り物ばかりだ。

きみの過去を贈ろう。

きみの秘密を贈ろう。

本当のきみを贈ろう。

欠けたところのない、完全な、きみという存在そのものを贈ろう。きみはついにそれを手に入れることになる。

そのとき、きみは最後の贈り物、すなわち私の永遠の愛を、受けとる準備が整うだろう。なぜならきみは、これほどまでに自分を愛している人間など私のほかにいないということを、ついに理解するからだ。そのとき、きみは私を愛しはじめるだろう。私ときみは似ている。私たちは、ふたりでひとりなのだ。

12月12日

火曜日

11

黒い水がルミッキを、深いほうへ、深いほうへと引きずり込んでいく。どんなに努力しても、二度と水面には浮かび上がれないかもしれない。そもそも努力するつもりもない。水の中には森があった。地上のどんな森ともちがう。木々の幹や枝は、流れるような動きで常に揺れている。しなやかな木々。やわらかな、水の中の植物たち。

ルミッキは、下へ、下へと沈んでいった。水の底でなにかが光を放っているのが見えてくる。小さな衣装箱だ。見覚えのある箱。ルミッキは、手に入れた真鍮製の鍵が合うのはあの衣装箱の鍵穴だ、と気づく。鍵と衣装箱は、ふたつでひとつなのだ。

ルミッキは衣装箱に近づこうとするが、ふいに足が水底の泥にからめとられてしまう。動くことができない。息ができない。酸素がなくなる。ルミッキにはわかった。じきに肺の中が水でいっぱいになり、自分は死ぬのだと。

「恐怖だ」

重々しく発音されたその言葉に、ルミッキはびくりとして夢から覚めた。ほんの一瞬、眠ってしまっていたようだ。いまは心理学の授業中で、自分の目を覚まさせてくれたのはヘンリック・ヴィルタ先生の声だと気づくまでに、少しかかった。

明け方にナシリンナの館まで走ったことは、はるかな昔に見た悪夢としか思えなかったが、夢ではなかったというたしかな証拠がふたつ残っている。異様な疲労感と、小さな真鍮製の鍵。鍵はいまもジーンズのポケットに入っていて、ルミッキの指は幾度となくポケットに伸びては鍵をまさぐった。

衣装箱。衣装箱のことは思いだした。しかし、どこで見たのだろう……。

「恐怖は、人間を最も強く突き動かす力のひとつだ」ヘンリック先生が話を続けている。「勇気について語るのはまったく無意味な行為だと、ぼくは以前から思ってきた。勇気など存在しない。存在するのは、恐怖だけだ」

「その根拠はなんですか?」ティンカが手も挙げずに質問した。

「勇気とは恐怖に打ち勝つことだ、という言葉をしばしば耳にする。しかし、ぼくの見たところ、われわれ人間を駆り立て、本来ならできないことを実現させてしまうのは、恐怖そのものなんだよ。そのせいで、恐怖が勇気に見えるんだ」

ヘンリック先生の声には深みがあって、耳に心地よかった。先生の声を聞いていると、その話題について考えずにいられなくなってしまうが、むやみに挑発されている感じはしない。そんな話しかたができるヘンリック先生は、以前からルミッキの好きな教師のひとりだった。

「でも、恐怖のせいで人間は逃げだすけど、勇気のほうは、その場に踏みとどまって闘うよう、人間を促すんじゃないですか？」

意見を述べたのはアレクシだ。

「もちろん、そう考えることもできる。一方で、恐怖はわれわれに、どういう状況でどのような行動をとるのが最適か教えてくれる、ともいえるだろう。恐怖の中でも最大のもののひとつは、死に対する恐怖だ。われわれが逃げだすのは死への恐怖があるからにほかならないが、一方で、死への恐怖があるからこそ、われわれは抵抗し、闘うのだ、とも考えられる」

それがヘンリック先生の返事だった。

ルミッキはいまだに疲れが取れず、ただ机に頬杖をついていたかった。机の上に両腕で枕を作って突っ伏し、眠って眠って眠りたかった。隣にすわっているサンプサが、ルミッキの腕をさすりながらささやいた。

「この授業が終わったら、うちに帰って眠りなよ。きみの顔、死人みたいだ」

「ありがとう」

ルミッキは微笑んだ。

今朝、ルミッキがあまりにぐったりしているので、サンプサは驚いていた。しかしルミッキは、よく眠れなかったから、としかいわなかった。それ以外、口にできることはなにもなかったのだ。ルミッキをおびえさせているメッセージの送り主のことも、脅迫の内容も、他人にひとことでも漏らしてはならない。一連のメッセージに、はっきりとそう書かれているのだから。

サンプサからは、一日中家で静かにしていたほうがいいよ、と勧められたのだが、ルミッキはひとりでいることに耐えられないと思った。しかしいまは、休んだほうがいいと感じる。休息がどうしても必要だと思えた。

12月12日 火曜日

授業が終わった後、ルミッキはヘンリック先生から、教室に残るようにと声をかけられた。サンプサは急いで次の授業へ向かわなくてはならず、耳に手を当てて、電話するね、とルミッキに合図するのがやっとだった。ルミッキは返事の代わりにうなずいた。

「来年の春の大学入学資格試験で、心理学を選択する予定だったね？　それを確認しておこうと思って」

ヘンリック先生が口を開いた。

「ええ、たぶん」

ルミッキは答えた。

「きみは、過去何年ものあいだにぼくが教えた中で、最も才能に恵まれた生徒だよ、まちがいない。そうでなければ、科目選択の確認などしない。こんなことは本来なら口にすべきではないが、きみに知っておいてほしいと思ってね」

ヘンリック先生はルミッキの肩を軽く叩いた。

「わかりました。ありがとうございます」

ルミッキは戸惑いながら返事した。

先生が、話はこれで終わりだ、と示す表情で書類のほうに顔を向けたので、ルミッキはほっとした。なんとしても眠らなくては。その必要性を痛いほど感じた。


リエッキとキスしている夢を見ていたまさにそのとき、玄関のチャイムが鳴った。夢の中のルミッキは、真鍮製の鍵が自分の口からリエッキの口の中へと滑り落ちていくのを感じているところだった。

夢にまとわりつかれたまま、ルミッキは起き上がった。玄関のドアののぞき穴から、外を確認する。

リエッキ。ほかのだれかであるはずはなかった。驚きも感じなかった。

ルミッキはドアを開けた。もう二度とリエッキを近寄らせないと、自分に誓っていたにもかかわらず。夢の中のキスの感触が、まだ唇をひりつかせている。最初のうち、リエッキはなにもいわなかった。だまったままオレンジ色の手袋を外し、冷たい指でルミッキの頬を軽くなでてくる。

「いても立ってもいられなかったんだ」やがてリエッキがいった。「前回会って以来、きみがなにかにおびえているんじゃないかって気がして。きみが無事でいるか、確かめずにはいられなかったんだよ。わかってるだろう。ぼくはきみを、この世のあらゆる悪から守ってあげる」

その言葉は燃える矢となってルミッキに突き刺さってきた。その瞬間、ルミッキの中でなにかが砕け、崩れ去った。

こんなにも自分のことをくっきりと理解してくれる人がいる。だれにも悟られないように隠そうとしている心の揺れを、感じとってくれる人がいる。

ルミッキは手を伸ばし、リエッキの首筋に触れると、その顔を自分のほうへ引き寄せた。リエッキの目をのぞき込み、じっと見つめる。氷のような水の中へもぐり込む。空の青さの中へ飛び込んでいく。炎が青白い光を放っている、どこよりも熱を帯びた領域へ足を踏み入れる。

それ以上見つめつづけることができなくなったとき、ルミッキはリエッキにキスをした。別れた日からずっと苦しみつづけてきたさびしさと切なさと欲望と熱情を、唇と口と舌に思う存分語らせながら。

キスを始めてすぐに、ルミッキにはわかった。

ふたりの森がここにある。ふたりの湖がここにある。ふたりの星空が、きらめく光の点が無数に散らばるインクブルーの澄んだ空が、ここにある。

なにもかもが、いちどきにふたりを包み込んだ。欠けているものはなにもなかった――

木々の葉のすきまに細い通り道を見つけて差し込んでくる光。心を落ち着かせてくれる薄闇。さやさや、かさこそ、ざわざわという風の音。ぱしゃんと水が跳ねる音、軽やかに揺れる波、ひんやりした水の流れ、温かな水が集まる淵。無重力のような、めまいのような感覚、無限の広がり、時間と永遠、肺へ自由に流れ込んでくる空気、宇宙の脈動、ひとつに重なり合ったふたりの鼓動。

リエッキから身をもぎ離すのは恐ろしく難しく、まちがったことをしている気さえした。ルミッキは前回こんなに苦しい思いをしたのがいつだったか記憶にないほどだった。しかし、キスを続けるわけにはいかない。

こんなにも正しいと思えることが、ひどくまちがっているなんて、いったいどういうことなのだろう。

「あたしたち、ふたりきりで会ってはいけないの。少なくとも、いまは。あたしにはサンプサがいるんだから」

その言葉をルミッキは口から引きずりだした。自分に言い聞かせて、一歩後ろへ下がる。リエッキとのあいだに生じた距離が耐えがたいものに感じられて、苦しかった。

しっかりとつながり合っているべきだったふたり。しかし、ふたりにはそれができなかったのだ。

「そいつを愛してるのか？」

リエッキが聞いた。その声のあまりに真剣な響きが、ルミッキからいつわりのない答えを引きだした。

「あたし、もうわからなくなってきた。愛ってなんなのかも、自分がそれを理解してるのかも」

「だったら、どうしてそいつと一緒にいるんだ？　どうしてぼくを拒む？　そいつが本物の男性だからか？」

疲労感がルミッキの中にわき上がってきた。

「そんなわけないでしょう。そういうことをいわないで」

「ぼくでは不足だというのなら、はっきりそういってほしい。ぼくという人間が、どっちつかずで不完全すぎるというのなら」

リエッキが傷つき、悲しんでいるのが声の調子でわかったが、ルミッキはなぐさめようとしなかった。いまはそんな気になれない。

「そんな話はしてないわ」

ルミッキはただそれだけを口にした。

どうして口にすることができるだろう。リエッキと一緒にいるときこそ、なにもかもが完璧に感じられるのだと。足りないものはなにもないと思えるのだと。けれど、いまのルミッキにはサンプサがいる。気立てがよくて、人の心を引きつけずにおかない、優しくて頼りがいのあるサンプサ。ルミッキの胸が張り裂けるようなことは、絶対にしないサンプサ。
ルミッキにはわかっていた。もしもいま、森の奥へあと一歩でも深く分け入ってしまったら、氷のような水の中へあと少しでも深くもぐってしまったら、空の星たちが降ってきて体を満たそうとするのに身をまかせてしまったら、もうそこから逃れることはできなくなる。そこから逃れたいとは思わなくなる。

いったん手にしたものがすべて奪い去られたら、もう耐えられないということも、ルミッキにはわかっていた。リエッキからは一度、そういう仕打ちを受けている。森と湖と星を奪って、リエッキは去っていったのだ。また同じ目に遭わされるかもしれない。ルミッキはその思いをぬぐえなかった。傷つけられるかもしれない状況に、再び飛び込むのが怖かった。
「ぼくにそんな態度を取るなんて、おかしいよ」リエッキがいった。「ぼくは、きみのためだけに、なにもかも耐えぬいたんだ。またきみと一緒にいられるようになりたい、ただそれだけのために。それなのに、きみはぼくに背を向けるのか」

あなたのほうが、あたしに背を向けたんでしょう。ルミッキは心の中でつぶやいた。――だけど、これは復讐じゃない。あなたに対してそんなことはしない。これはあたし自身への復讐。幸せになることを禁じて、臆病な自分をほかのだれよりも厳しく罰するのよ。それに、あたしには、もう一度あの場所へ飛び込んで、落ちていくだけの勇気がないの。そんなことをしたら、あたしは死んでしまう。正気を失ってしまう。

そんな心のつぶやきを、ルミッキは口にはしなかった。代わりにこういった。

「なにもかも耐えぬくことができたのは、自分自身のためでしょう。そのはずよ。あなたを幸せにしたり、欠けたところのない完全な存在にしたりできるのは、あなた自身だけなんだから。ほかの人間には不可能よ」

ルミッキの見ている前で、リエッキの目に涙が盛り上がってきた。小刻みに震える涙が目からあふれだして頬を伝い落ちないよう、リエッキは必死でこらえている。悲しみを抑えているその姿はルミッキの胸をえぐり、いっそ泣きだされたほうがましだと思えた。リエッキの体に腕をまわし、いつまでもいつまでも抱きしめていてあげたい、その衝動に負けないよう、ルミッキは全力を振り絞らなくてはならなかった。

「きみは冷たい人だ、ルミッキ。ぼくはきみを誤解していた」

ルミッキは返事をしなかった。いうべき言葉などなにもない。怒りや憎しみが、リエッキを楽にしてくれるかもしれない、と思った。そういう感情を持てるなら、ルミッキから離れていくのも簡単だろうから。

リエッキが出ていき、玄関のドアが音を立てて閉まったとたん、ルミッキの足は力を失った。玄関先にへたり込んでいると、部屋の隅の暗がりから暗黒が忍び寄ってくるのを感じた。暗黒はルミッキに襲いかかり、耳や鼻から体の中に押し入ってきて、のどを貫き、肺や胃に重く充満した。息が苦しくなる。空気がなくなった気がする。

ようやく立ち上がって、ルミッキはキッチンへ向かった。濃いコーヒーが必要だ。自分の中に巣食っている暗黒に負けないくらい黒々とした、ブラックコーヒーが飲みたかった。コーヒーの粉を量ってコーヒーメーカーに入れていると、玄関の郵便差し込み口がカタンと音を立てるのが聞こえた。

すでに体にしみついている恐怖が、首筋に牙を突き立ててくる。

きっと無料配布の情報誌だ。そう考えようとした。

しかし、玄関先に目をやると、床の上にはふたつ折りにしたＡ４サイズの白い紙が落ちていた。

ルミッキは稲妻の速さで玄関のドアを開け、通路へ飛びだした。人影はない。階段を駆け下りていく足音も聞こえない。エレベーターは止まっている。ルミッキはしばらく迷っていたが、やがて家の中にもどった。追いかけるなんて、しないほうがいい。〈影〉をつかまえたら、明るみに出るのは想像しうるかぎり最悪の事実かもしれないのだ。

白い紙の折り目を開くのは気が進まなかった。しかし、開いてみるしかない。そこにはこう書かれているだけだった。

だれよりもきみを愛している。常に。

きみと触れ合うと、生きているという実感が持てる。人生は生きるに値するものだと思える。

もう長いこと、きみを思ってきた。きみについて書かれた新聞や雑誌の記事はすべて読んだよ。きみがこの夏、死ぬ運命にあった人々を燃え盛る建物から救いだしたという記事だ。読みながら、きみはたしかに英雄扱いされているが、記者たちはきみを理解していない、と思った。彼らはきみのことを、単に知恵と勇気のある少女として書いているだけだ。きみのまなざしの荒々しさに、彼らは気づかなかったのだ。

私は知っている。きみは私と同じだ。きみの一部は、炎が建物も人々も食らいつくすのを見たいと望んでいたはずだ。きみの中には破滅願望がある。きみはそれを隠しているね。この社会では受け入れられないものだから。しかし、破滅と破壊の申し子である私たちは、同類を見分けることができるのだ。

私はずっと夢想してきた。きみがその身をすっかりゆだねてくれたら、どんなことをしようかと。どんなやりかたできみに触れようか。きみには想像もできないような、ありとあらゆるやりかたで。私はきみの自制心を完全に失わせることができるはずだ。きみは、やめて、と懇願するだろう。やめないで、とすがりついてくるだろう。

　きみと触れ合うと、私の中の獣が目を覚ます。

　もっとも、私たちはどちらも獣にほかならないのだ、私のルミッキ。私たちはおとぎ話の中で命を狙われるたぐいの存在だ。しかし私たちは死なない。私たちは常に、暗がりや、木々の陰や、地面の下や、深い水底に存在しているのだ。

　いずれ、きみのすべてが私のものになる日が来る。その日が来るのは、きみが想像するより早いだろう。

12月13日

水曜日

12

ルミッキは上掛けの中に深くもぐり込んだ。ひとときであれ、邪悪な世界とは無縁でいられるこのぬくぬくとした巣から、出たくないと思った。
みぞれが窓ガラスを叩いているが、かまわない。窓のすきまから寒さが入り込もうとするのも気にしない。上掛けをかぶってさえいれば、いつわりの平安の中にいられる。

あたしは死んだふりをする
そうすると痛みが止まるの
あたしは死んだふりをする
痛みが止まる

家の中はしんとしていたが、ルミッキの頭の中では、アイスランドの女性歌手ビョークの歌声が鳴り響いていた。自分の体にだれかの腕がまわされ、首筋に温かい吐息がかかり、背中にだれかが体を押しつけてくるところを想像してみる。本当にそれを感じた気がする。肩をなでてくれる手の感触。肌と肌の触れ合い。唇に押し当てられるだれかの唇、そのキスはルミッキの口を開かせ、心と体を解放させる。

ただ眠っているのと変わらないときもある
あたしだけの苦悶にくるまって
痛みの中に巣を作り
苦しみを抱きしめて
苦痛のひとつひとつをいつくしむの

ルミッキが感じているのはリエッキだった。リエッキが本当にかたわらにいるかのように、その感覚は強かった。どうしようもないのだと、ついにルミッキは悟った。離れていても、リエッキはルミッキとともにある。二度と会うことがなかったとしても。夜の闇の中をおびえながら歩いているとき、手を握ってほしいと思うのはリエッキだった。アームチェアにすわり、ひとりで本を読んでいるとき、体のぬくもりを分けてほしいと思うのはリエッキだった。ひとりぼっちで眠るとき、優しくなでて夢の中へ導いてほしいと思うのはリエッキだった。

サンプサではない。

12月13日 水曜日

サンプサがそばにいるときなら、ルミッキは彼の存在を感じる。サンプサと触れ合っているときなら。サンプサの手が腰にまわされ、唇がのどもとに押し当てられているときなら。そんなとき、ルミッキはほかのことを感じたり考えたりはしないし、ふたりとも互いの存在しか目に入らない。しかし、物理的に離れているとき、サンプサは文字どおりそばにいなかった。リエッキのように、そばにいなくても存在を感じることがなかったのだ。

こんなふうに思うのは、まちがっているのだろうか。

このままで生きていけるのだろうか。

ルミッキは自分の感情を抑えることができなかった。感情を否定することも、消すこともできなかった。意志の力だけでリエッキとのつながりを断ち切ることはできないだろう。一年以上も離れていてさえ、そんなことはできなかったのだから。この思いは、まちがってなんかいない。

ただ、どうするかはルミッキ自身が決められる。どんな結論を出すか、自分で決めていいのだ。ルミッキはサンプサを選んだ。そういうことだ。

かぶっていた上掛けをはねのけると、たちまち寒気を覚えた。ひんやりとした硬い床の感触が足の指の一本ずつに伝わり、日常と現実が体の中に少しずつよみがえってくる。外の世界へ出ていかなくてはならない。学校へ行き、まぶしい電灯の刺すような鋭い光を浴びなくては。あの光が、悪夢を追い払い、肌に残る触れ合いの記憶をぬぐい去ってくれるかもしれなかった。

空にきらめくは　星々の帯
クリスマスのお告げを繰り返す　星のまたたき
天上の輝き　喜ばしき知らせ
ろうそくに火がともる　ろうそくに火がともる

聖ルシアをたたえる歌声が聞こえてくる。学校の入口の階段はキャンドルの明かりで縁取られていた。ほかの照明はすべて消されている。生き物のようにゆらめく光の繊細なダンスのおかげで、学校はおとぎ話のお城か、さもなければ十九世紀の領主の館のように見えていた。今日は聖ルシアのパレードで学校の一日が始まることを、ルミッキはすっかり忘れていたのだ。

12月13日 水曜日

十二月十三日は、キリスト教の殉教者、聖女ルシアの祝日に当たる。白い衣装に赤いサッシュを締め、頭には冠をかぶったルシアが先頭に立つパレードなどがおこなわれるルシア祭は、フィンランドではもともとスウェーデン語を話す少数派の人々の伝統行事だったが、最近はフィンランド語を話す人たちのあいだでも祝われるようになってきた。
ルシアの日が来るたびに、ルミッキは複雑な気分になる。ルシアの日と結びついているのは、体の奥底からいい気分になるようなぬくもりと安心感だったが、同時に、この日にまつわる悲しい思い出もあった。小学校に上がる少し前のある年、ルミッキは家でルシアの格好をしようと思いたった。そのころ通っていたリーヒマキの幼稚園では、まだルシア祭を祝う習慣がなかったのだ。ルシアをやりたい、と相談するとママは目を輝かせ、ルシアの日の朝食には伝統的なサフラン入りのパンを焼いてあげる、と約束してくれた。ところが、パパはルミッキをじっと見つめるばかりで、その顔はあらゆる表情を塗りつぶす灰色に覆われてしまっていた。やがてパパはいった。

「ルシアは、美しい目をしていたためにしつこい男に言い寄られて、男から逃れようと自ら目をえぐり出したんだろう。そんな娘にまつわるお祝いなど、うちではしない。ルシアは火あぶりにされても死ななかったから、最後には短剣でのどを刺されて殺されたんだ」

パパの言葉はいまでもよく覚えている。うきうきした気持ちが死んでしまったと感じたことも。まるで、つららを何本も丸ごと飲み込めと命令されたような気分だった。ママは、子どもの前でなんて残酷な話をするの、とパパをなじった。しかし、ルミッキにとってなによりショックだったのは、パパの言葉ではなかった。ショックだったのはルミッキを貫いたパパの目つき、そこにルミッキがいることも、ルミッキが楽しげに気持ちをはずませていることも目に映っていないかのような、パパのまなざしだった。

それ以来、ルシアの日を祝おうと提案したことは一度もない。

12月13日 水曜日

目の前の階段を、女子生徒の一団が下りてきた。みんな丈の長い真っ白な衣装に身を包み、緑色の薄紙で作った冠をかぶって、手にはアルミケースに入ったごく小さなキャンドルを持っている。先頭を歩いているのはティンカだった。今日は赤毛のロングヘアをカールさせ、巻き毛の房をどっさり作っていて、天使みたいに見える。ルミッキの前を通り過ぎるとき、ティンカは愛らしく微笑んだが、ルミッキを見てわずかに目を細めた。

一行は鏡のあるエントランスホールに向かって歩み去り、歌声が遠ざかっていく。そのとき、頭の中に同じ歌のスウェーデン語版の歌詞が響いていることに、ルミッキは気づいた。

フィンランドのふたつの公用語のうち、ルミッキにとって自分の言語といえるのは昔からずっとフィンランド語だった。スウェーデン語はたまにしか使う機会がない。パパや、パパのほうの親戚（しんせき）と話すときくらいだ。それでもスウェーデン語は、ルミッキにとって詩の言葉、歌の言葉であり、さまざまな名もない感情が折り重なる中に鳴り響く言葉だった。

はばたく翼の音がする夢。

聖ルシアの歌のスウェーデン語版に出てくる言葉だ。はばたく翼の音、この短い言葉の中に、なんと多くの美しいイメージが含まれていることだろう。翼。翼が風を切る音。風のさやきのようなざわざわという音、川がさらさらと流れるような音、あるいは火が燃えるときのごうごうという音。

その言葉を歌う澄んだ子どもの声が、ルミッキの耳に聞こえた。よく知っている声だけれど、幼いころの自分の声とはちがう。

だしぬけに、木の階段の映像がルミッキの目の前にあらわれた。小さな少女がひとり、聖ルシアの歌をスウェーデン語で歌いながら下りてくる。ローサ。消えてしまった姉のローサにちがいなかった。そのときのローサがどんなに美しかったか、記憶がよみがえってくる。この世のものとは思えないほどきれいだった。来年はあたしもローサと一緒に歌いたい、そう思ったのだ。

どうして次の年の記憶がないのだろう。次の年は来なかったのだろうか。

思い出の中のローサは、ルミッキに優しく微笑みかけている。それは、姉だけが浮かべることのできる微笑みだった。


王子はルミッキのコルセットのひもをさらにきつく締め上げた。

もう少しきつくしよう、おまえがもっと従順な妻になるように。

もう少しきつくしよう、おまえがもっと利口で控えめなふるまいを身につけるように。おまえはもう森の娘ではない、王妃なのだ。歩くときはゆっくりと、しとやかに動くこと。私が話しているとき、おまえは口を閉じていなくてはならない。どなったり、声を上げて笑ったりしてはならない。そういうふるまいは王妃にふさわしくないのだ。おまえは、美しいドレスも、宝石も、黄金の部屋も持っている。それなのになぜ、幸せではないというのか、私にはわからない。どうして満足できないのか？

王子のせりふがルミッキの耳の中で響いていた。うまく息ができない。コルセットで肺がつぶされかけている。視界の隅が小刻みに震え、暗くなってきた。

「もう少しきつくしよう、ほどなくおまえは永遠の眠りに落ち、私はおまえをガラスの棺にもどすことができるだろう。眺めているぶんには、棺の中にいるおまえのほうが美しかった。行儀がよくて、扱いやすかった。私が愛したのはガラスの棺に横たわる乙女だ、こんな手に負えなくて生意気で不作法な女ではない。こんな、あまりにもありふれた生身の人間を愛したのではない」

王子がルミッキの耳にささやきかけてきた。

息ができない。

酸素が足りなくなる。

ルミッキは必死で空気を吸い込もうとした。うまくいかない。肺を空気で満たすことがどうしてもできない。水におぼれるような感覚が襲ってくる。めまいを起こしたときのような感覚。目の前に暗黒が翼を広げた。

ルミッキは床にくずおれた。頭が床にぶつかって鈍い音を立てる。その目は舞台の上をさまよい、そのときふいに、ルミッキは思いだした。あの鍵が合うはずの衣装箱を、どこで見たのか。

12月13日 水曜日

ママとパパの寝室、ベッドの下だ、布をかぶせて隠してあった。もう何年も前、両親の寝室に体温計を取りにいったとき、手から滑り落ちた体温計がベッドの下に入ってしまった。あのとき、黒っぽいフェルト布で覆われているものを見つけて、なんだろうと不思議に思ったのだ。布を少しめくってみると、そこには木製の衣装箱があったのだった。

そのとき、ほんの一瞬だけ、子どものころ大切にしていた宝物の記憶がよみがえった気がしたが、ちょうどそこへママとパパが帰宅して、ルミッキはいけないことでもしていたかのようにそそくさと両親の寝室を後にしたのだった。衣装箱についてママやパパに聞いてみたことは一度もない。そんなことをするわけがない。あれは自分に関係のない秘密なのだと思っていた。

だけど、いまは関係がある。衣装箱の鍵がこの手の中にあるのだから。

それが、気を失う直前にルミッキの頭に浮かんだ考えだった。


水のしずくが顔にかかる。夏の雨のように。ルミッキが目を開けると、サンプサの心配そうな目がのぞき込んでいた。

「あたしは大丈夫だから」なんとかそう口にする。

ルミッキの言葉はうそだったが、おそらくサンプサが理解したのとは別の種類のうそだった。ルミッキは、道具部屋から持ってきた毛布らしい、ふかふかしたものの上に寝かされていて、両足が高く上げられていた。コルセットは外されている。脇にはサンプサのほかにアレクシと、水のボトルを持ったティンカが立っていた。彼女がルミッキの顔に水をふりかけてくれたらしい。

「だからいったじゃない、コルセットはくれぐれも注意して扱うようにって!」

ティンカがアレクシをどなりつけた。

「そんなにきつく締めてないよ」

アレクシが言い訳している。

「コルセットのせいじゃないから」

そういって、ルミッキはそろそろと立ち上がった。

まだめまいを起こしそうな気配があったが、ルミッキはそれを抑え込んだ。いまは、なにも問題ないという印象をみんなに与えなくてはならない。さもないと解放してもらえないだろう。

「きっと、朝からまともに食べてなかったせいだと思う。それに寝不足もいいところだし」

サンプサとティンカが顔を見合わせた。アレクシはほっとしたようだ。ティンカは額にしわを寄せ、ルミッキをじっと見つめている。やがて、ゆっくりと口を開いた。

「わかった。そういうことって、たまにあるよね。もうよくなったみたいだし」

あたしの足が震えているのにだれも気がつきませんように——ルミッキは祈るような気持

ちだった。サンプサの手が、安心して、落ち着いて、というように背中をなでてくれている。サンプサにもたれかかってしまいたい、彼に体を支えてほしいと思ったが、いまはそういうタイミングではなかった。

「いずれにしても、今日の稽古はここまでにしよう」

ティンカがいった。

「それがいいと思う」ルミッキは答えた。「さっきの場面、ほんとならあたしが自分でコルセットのひもをゆるめて森へ逃げるはずだったのに、ちょっとアドリブを入れすぎちゃったしね」

ルミッキの言葉にみんなが笑う。うまくいった。

「じゃ、あさってが仕上げのリハーサルだから。ねえ、みんな聞いて、これはすごい芝居になるわよ！」

ティンカの発散するエネルギーはほかのメンバーにも伝染して、みんなの目が輝きはじめた。会話のざわめきが講堂を満たす。アレクシがルミッキの肩を軽くつついてきて、小声でつぶやいた。

「ごめんな」

「気にしないで」

そう答えたルミッキの耳に、サンプサがささやきかけてきた。

「家まで送るよ。それから、きみがだめになっちゃうくらい、うんと甘やかしてあげる」

ルミッキはサンプサの腕から慎重に身を引いた。

「そうできたらすてきなんだけど、リーヒマキの家に行かなくちゃならないの」

サンプサの目をまっすぐに見つめようとしたが、難しかった。

「よりによって今夜？」

サンプサは不思議そうな顔だ。

「うちって、ルシアの日に家族で過ごす習慣があって」

ふたつめのうそ。いや、ある意味、うそではないかもしれない。パパがうちではルシアの日を祝ったりしないといったのは事実だが、ここ数年、パパのいとこが、ルシアの日に合わせて親戚が集まる会をトゥルク市で開いている。パパとママがその会に出かけていて明日の朝までもどらないことを、ルミッキは知っていた。今夜なら、だれにも邪魔されることなく、あの衣装箱になにが入っているのかゆっくり確かめることができる。

サンプサはがっかりしたようだった。彼のしょんぼりした様子も、いまだに心配そうなまなざしも、ルミッキにはこたえた。しかし、こうするよりしかたがない。今夜のうちに答えを手にしなければ、気が変になってしまいそうだ。

サンプサと軽くキスを交わしながら、うそつきのキスだなんて考えてはいけないと、ルミッキは自分に言い聞かせていた。

13

両親の知らないうちに実家に上がり込んだルミッキは、許しを得ずにいけないことをしている気分に陥った。壁にこだまする足音がよそよそしい。

いてはいけない家にいる、いるはずのない少女。こだまがささやきかけてくる。ひとりでこの家の中を歩きまわっているはずのない、幽霊の少女。

ママとパパに頼めば、もちろん来ていいといってくれただろう。しかしルミッキはふたりに知られたくなかった。余計なことをあれこれ聞かれて、またしてもうその返事をするのはいやだった。近しい人たちにことごとくうそをつくような人間には、なりたくない。しかしいまのルミッキは、脅迫者のせいで、うそをつくしかない状況に追い込まれてしまっている。

ついに秘密を解き明かすことができたら、そのときこそ〈影〉からの干渉が終わってほしいと、ルミッキは願っていた。ことによると、〈影〉が取りつかれている狂気は、ルミッキの知らないことを自分は知っている、という妄想に基づいているだけで、〈影〉にとっての真実が明らかになりさえすれば気がすむのかもしれない。

いや、これほど激しい狂気が、そんな単純なことで満足するわけがない。そうささやいてくる内面の声を、ルミッキは封じようとした。

両親の寝室は、記憶にあるのと同じにおいがした。ラベンダーと清潔なシーツ類の香り、鉢植えの土のほのかなにおい、パパのアフターシェーブローション、以前はおばあちゃんの家にあった年代物のレースのカーテンのにおい。床まで届くベッドカバーの端を持ち上げ、ベッドの下をのぞいてみる。覚えていたとおり、なにか布をかぶせてあるものが見えた。ルミッキはベッドの下にもぐり込んだ。ほこりがたまっている。ルミッキがこの家に住んでいたころ、パパはなにかに取りつかれたように掃除機ばかりかけていたが、いまはそうでもないらしい。いい傾向だ。

布をめくり上げる。突然、ルミッキの心臓は恐ろしいほどの速さで鼓動しだした。両手が変に冷たく、じっとりと濡れている。しかし、布の下からあらわれたのは、ただの段ボール箱だった。装飾の施された衣装箱ではない。茶色い段ボール箱の中身は、成人向けの雑誌だった。

段ボール箱を元にもどすと、ルミッキは布をかぶせ直した。この箱にはたしかに秘密が隠されていたが、探し求めていたものとはちがう。両親の夜の生活など、いかなる意味でもルミッキには関係がない。どれほど罪のない秘密であるにしても、こんなものを見つけなければよかった、と思った。

咳(せ)き込みながらベッドの下から這いだしたルミッキは、ジーンズのひざにくっついたほこりを払い落とした。落胆。うつろな気分。ルミッキの記憶がまちがっていたのだろうか。衣装箱なんて、想像の産物でしかなかったのだろうか。手元にある鍵のことばかり考えているうちに、この鍵で開けられる衣装箱が存在しているはずだと自分で信じ込んでしまったのだとしたら？

ちがう。そんなことはありえない。そんな考えは受け入れられない。

この家の中に衣装箱を隠すとして、発見される確率の低そうな場所を選ぶとしたら、どこだろう？

ルミッキは戸棚やクローゼットの中を探し、リビングと玄関と地下室と、裏庭にある物置も確かめた。衣装箱はなかった。影も形もない。時刻はもう深夜に近づいている。希望が灰色の失望に変わっていく。

考えろ、考えるのよ。リビングのソファーにすわって、ルミッキは自分を励ましていた。こめかみを軽くマッサージして、否応なく忍び寄ってくる頭痛を追い払おうと努める。ポケットから鍵を取りだして、手のひらに載せた。

鍵よ鍵、教えておくれ。おまえがぴったり合う錠は、どこにあるの。あたしを衣装箱のところへ連れていっておくれ。

しかし手のひらの鍵は命を持たないおもりと変わらなかった。この鍵は答えを知らないのだ。

〝探し物は、ときとして思いもよらないくらい身近なところから出てくるものだ〟——わかりきったことを、さも深い知恵であるかのように表現したそんな言いまわしが、ルミッキは昔から嫌いだった。その言葉が頭の中をぐるぐると一本調子にまわりつづけ、気に障ってたまらない。

身近なところって、いったいどこよ？　お尻の下から出てくるとでも？　そんな——

頭の中で悪態をつき終えるより早く、ルミッキはソファーのクッションをすべて床に払い落とし、ソファーをベッドの形に組み直した。

同時に、衣装箱を見つけだしたのだ。

このソファーベッドは、ベッドの一部を折りたたんでソファーの座面の下に収納でき、必要に応じて引きだせるようになっているタイプだった。ソファーの形にしてあるときは、収納されている部分と床のあいだ、外からは見えないところに、小さな空間ができている。シーツなどを入れたケースをしまっておくためのスペースだろう。

しかしいま、その空間に隠されているのは、見覚えのある木製の衣装箱だった。ルミッキは汗ばんだ手で衣装箱を取りだした。表面の装飾に感心しているひまはない。重要なのは表面ではなく中身だ。鍵を持つ手が震える。この鍵はもう長いこと使われていなかったのだろう、鍵穴に差し込んでもスムーズにまわってくれない。かなり苦労して、ようやく錠を開けることができた。

なにを期待していたのか、自分でもわからなかった。この衣装箱から、どんなものが出てくると思っていたのだろう。なにを望んでいたのだろう。ルミッキの前に広がっていたのは、自分ではまったく覚えていない子どものころの情景だった。

グレーの瞳をした金髪の少女の写真が何枚もある。少女はルミッキに似ているが、ルミッキ自身ではない。パパとママにも似ているが、ふたりが小さいころの写真でもない。ローサ、ローサ、ローサ、ローサ。これは姉のローサだ。写真を見たとたん、記憶がよみがえってきた。おねえちゃんのにおい、おねえちゃんの寝息、抱きしめてくれたおねえちゃんの手、ときには軽くつねってくることもあった手。ローサがくすくす笑う声。かんしゃくを起こして泣いている声。ナイチンゲールのさえずりみたいに美しく響く、ローサの歌声や口笛。

ふたりの少女が一緒に写っている写真もあった。小さいほうの子は茶色の髪をしている。ルミッキ自身だ。ふたりは並んですわっている。ふたりが浅瀬で遊んでいる写真もある。かけっこしているふたり。スプリンクラーの水を浴びながらダンスしているふたり。ルミッキの目に見えているのは、もはや写真の中の情景ではなかった。五感のすべてが一瞬にして思い出の波に飲み込まれていた。

夏に食べたイチゴ。ローサは、粒が大きくて真っ赤なものを選んでルミッキに分けてくれた。

夏でも秋の香りのする、おばあちゃんの家の屋根裏部屋。おばあちゃんの古い靴は、ふたりには大きすぎた。それで、ひとつの靴にふたりの足を同時に突っ込んでみた。歩こうとすると、とたんに転んでしまった。

ローサの髪はすぐにもつれたが、ルミッキの髪はちがった。ローサはルミッキの髪にくしを入れて、百回、二百回とブラッシングしてくれた。

雨粒が窓ガラスを叩く日、ふたりは毛布を小屋に見立ててその中にもぐり込んだ。目の覚めるようなオレンジ色の毛布。テレビの子ども向け番組が怖い場面になると、ローサはルミッキの目を手でふさぎ、こんなのはただのおとぎ話だからね、とささやいた。

ふたりでバラの茂みの中に入ったときは、その香りにうっとりしたけれど、とげに刺されて痛い思いをしてしまった。

大人たちは、最高におもしろい遊びをわかってくれなかった。子ども部屋の床を水浸しにしたのは、わけがあったのに。だって、そこは海なんだから。ローサのほっぺたは塩の味がした。泣いたからだ。ルミッキはローサのほっぺたをなめた。ルミッキは猫になった。

互いに手をつなぎながら、あたしたちはけっして離ればなれにならない、とふたりは思っていた。引っ越すときは、ふたりして同じ家に引っ越すし、いつも同じ部屋で眠ろう。なかよしの女の子同士がふたりだけですてきなおうちに暮らしている、『オンネリとアンネリのおうち』のお話みたいに。おとぎ話に出てくるふたりの娘、〈べにばら〉と〈しらゆき〉みたいに。もしも怖い夢を見たら、並んで眠ればいい。温かな脇腹をくっつけ合って。同じリズムで息をして。ぴったりくっつき合っていれば、怖い夢だってふたりのあいだに割り込んでこないだろう。

いまの自分は十八歳で、両親の家のリビングにいて写真を見ているところだ、と思いだすまでにどれくらいの時間が流れたのか、ルミッキにはわからなかった。あたりには何十枚もの写真が散らばっている。写真は床を埋めつくしていた。まるで、頭の上にそれまでなかった空が開け、色のついた四角い雪片が降ってきて、部屋中に積もったかのようだ。ルミッキはもう三歳ではなかった。もう、自分より少し大きいローサの手を、手の中に感じてはいなかった。

津波が自分を飲み込み、天井も床も壁もさらっていってしまった気がした。ルミッキは虚無の真っ只中（ただなか）へと押し流されていった。安全な場所はどこにもない。支えてくれる地面はない。これまで信じてきたことは、なにもかもがいつわりであり、暗黒の闇だったのだ。これまでずっと、この家のひとりっ子として育てられてきたのだから。

だれかの手から姉を奪い去るなんて、どうしたらそんなことができるのだろう。かつてローサという名の人間が存在していた事実を、ルミッキには一切知らせずにここまできたなんて。そもそも、なぜそんなことを？　ローサの身になにが起きたのだろう？

ルミッキは立ち上がった。ソファーの端につかまっていないと倒れてしまいそうだ。めまいがする。吐き気も込み上げてくる。泣きたくなってきた。足に力が入らない。リビングのテーブルから携帯を取った。いますぐママとパパに電話しなくては。いまが夜中の何時だろうと関係ない。ふたりはもう寝ているかもしれないが、かまうものか。ふたりともうそつきだ。裏切り者だ。愛している相手に対して、こんな仕打ちができるはずはない。できるはずがないのだ。ルミッキにとってこんなにも重大な事実を隠していたなんて、ふたりはどうしてそんなことができたのか。

それを問いたださなくてはならない。

いますぐに。

ローサになにがあったのか、知らなくてはならない。

その瞬間、携帯にショートメッセージが届いた。メッセージの送り主がだれか、目を通す前にルミッキにはわかった。

きみの姿が見える。携帯を持って、立っているね。しかし、きみはだれにも電話をかけない。

きみだって、芝居の初日のメインイベントが壁に飛び散る血、という事態は避けたいだろう。舞台に流れる血。客席を染め上げる血。気立てはいいがまぬけな恋人が舞台の上で倒れ、生気のない目で一点を凝視することになるのは、きみも望まないだろう。芝居の上演を取りやめたところで私から逃げられないことくらい、きみにはわかっているはずだ。そんなことをしても、私は必ずきみたち全員を探しだし、この手で書いたシナリオを現実のものにしてみせる。

いま、きみは美しいよ。真実を目の当たりにした人間は、常に美しいものだ。


ルミッキはすばやく動いてリビングの照明をすべて消したが、もう手遅れだとわかっていた。闇に包まれたリビングで身じろぎもせずに立ちつくしたまま、なにか見えないかと庭を凝視する。しかし、見つめ返してくるのはただ暗黒だけだった。

ルミッキは携帯を持つ手をだらりと下ろした。電話をかけることはできない。それを悟った。

知るということはすばらしく、同時に残酷だよ、愛するルミッキ。知識や情報があれば、どんなことでも可能になる。知識のおかげで、人間は行動したり、信念を持ったり、だれかを信頼したりすることができる。知ることで、人間は真の力を与えられるのだ。
接触すべき相手がだれかわかっていれば、常に新たな情報を入手し、探しているものを見つけだすことができるものだ。私はきみのことをすみずみまで知っている。知りたいと望ん

だからだ。まともに水を飲んだことのない人間が水分を求めるように、私はきみに関する情報を欲した。情報を持っている人間に的確な質問をぶつけることが、私にはできた。本来なら秘密だったはずのことを知る経路や方法を、思いつくことができたのだ。

私ほど情報に飢えている人間にかかれば、秘密など存在しなくなる。

人はだれでも、情報を分かち合ったほうがいいという確信さえ持たせてやれば、〝ここだけの話〟をしたがるものだ。ときには金銭を要求されることもあるし、金銭以外の代償を求められることもある。しかし多くの場合、金を払う必要はない。人間には、持っている情報を話したい、たとえそれが重大な秘密であってもしゃべりたい、という欲求があるからだ。人間の血にはそういう欲求が流れている。

私はきみに関する情報を、ひとつ、またひとつと根気よく集めてきた。あせる気持ちはなかった。時間がたっぷりあることは知っていたし、いずれ時が来れば、きみも私の集めた情報を受け入れる準備が整うだろうこともわかっていた。

知識は力だ。

真実は美だ。

私はきみを、ほかのだれよりも強く美しい存在にしてあげよう。

12月14日

木曜日

14

いつも光の中を歩きなさい、ルミッキ。

それが、母方のおばあちゃんがルミッキに残してくれた最後の言葉だった。すい臓がんに侵されたおばあちゃんは、五年前にあっけなく亡くなってしまった。病院へ見舞いに行ったとき、ルミッキはおばあちゃんの上にかがみ込み、顔をうんと近づけた。かさついたしわくちゃの手に、頬をなでてもらえるように。

おばあちゃんは、若くして夫に先立たれ、女手ひとつで四人の子どもを育て上げた人だった。強さと繊細さをあわせ持つおばあちゃんのことが、ルミッキは心から大好きだった。おばあちゃんもルミッキをかわいがってくれたし、その愛情を疑ったことなど一度もなかった。父方の祖父母とは、そこまで親密ではない。ふたりはオーランド諸島に住んでいて、会う機会も少なかった。

あのおばあちゃんまでもが、ルミッキに姉がいたことを隠していたなんて。自分以外のすべての人が結託して自分をだまそうとしている、異様な作り物の世界に放り込まれたような気分だった。まるでテレビのどっきりカメラだ。あるいは芝居。巧みな脚本に基づくリアリティ番組なのに、出演者の中でルミッキだけがテレビの撮影だと知らされていないかのようだ。

いつも光の中を歩きなさい。

おばあちゃんの言葉が、学校から自宅に向かってハメ通りを歩くルミッキの胸に広がった。タンペレの中心街は、毎年この季節に恒例のイルミネーションで彩られており、ハメ通りも黄色や金色の輝きで端から端まで照らしだされている。花や雪の結晶をかたどったイルミネーションや、街路樹の幹や枝に巻きつけられた電飾のケーブル、それから通り沿いの店がそれぞれ趣向を凝らしているクリスマスの飾りつけは、もしも突然停電になったら真っ暗闇の中をさまよい歩く羽目になる、という事実を忘れさせてくれた。

十分な光に照らされているときは、闇のことは忘れていられるものだ。おばあちゃんもそう考えたのだろうか、とルミッキは思った。ルミッキの人生をできるかぎり光と喜びで満たしてやれば、過去の悲劇を消し去ることができると考えてくれたのだろうか。

過去になんらかの悲劇が起きたことはまちがいない。実家にあった写真を見て以来、ルミッキはそう確信していた。姉の存在を隠されていたという、信じがたい出来事を少しでも説明してくれるものがあるとしたら、大きな悲劇以外にありえない。

12月14日 木曜日

ゆうべは一睡もできなかった。〈影〉からのショートメッセージを受信した直後、ルミッキはすべての照明を消し、カーテンを閉め、キッチンからいちばんよく切れるナイフを取ってきてソファーの陰に身を潜めると、玄関をにらみつけた。こんなに耳をそばだてるのは生まれて初めてというほど鋭く聴覚を研ぎすまし、風の音や、家のどこかがきしむ音や、みぞれが窓ガラスを叩く音にいちいち身を震わせた。恐怖のあまり死んでしまうのではないかと思った。サンプサかリエッキか両親か、あるいは警察に電話をかけたかったが、できなかった。

〈影〉の存在が、ルミッキの手を縛りあげ、体を麻痺させ、身動きできる空間も、呼吸する空気も奪ったのだ。

夜が重い足を引きずるようにのろのろと過ぎていく中、ルミッキは〈影〉の正体を考えつづけたが、ほんの少しでも可能性がありそうな人物の名を思い浮かべることさえできなかった。

だれか、頭のいかれた人間。狂気の人物。ここまで多くのことを知っている人がいるとしたら、だれだろう。衣装箱のことも、写真のことも、鍵のことも知っている人物。鍵を手に入れることができた人物。もちろんパパとママならその条件に当てはまるし、ルミッキがふたりの愛情を疑いはじめているのも事実だが、それでもルミッキには、こんな脅迫行為の陰に自分の両親がいるとはどうしても思えなかった。

それに、脅迫者がだれなのかとことん考えることは、ルミッキにはできなかった。ローサの身に、どんな理由でなにが起きたのか。その疑問で頭がいっぱいだったからだ。いまはそれ以上に重要な問いはないと思える。この問いへの答えを見つけるまでは、ほかのことなど考えられそうもなかった。

〈影〉は、ルミッキの手に鍵を与えたものの、最大の錠は開かないままにしておいたのだ。ルミッキは〈影〉の思惑に振りまわされている自分を感じた。相手は答えを知っているにちがいない。そう確信していた。

ついに夜が明け、朝が疲れた灰色の視線を十二月の北半球に向けて送ってきたとき、ルミッキは手足をこわばらせ、めまいを起こしそうになりながらソファーの陰から這いずり出た。ナイフをキッチンへもどし、部屋を片づけて人がいた形跡をすっかり消した。どの動作も、機械的に体を動かしているだけだった。ほかのことをする気力も手段もないときは、自動操縦で動いているかのように行動するしかない。

必要なことだけをすればいい。ほかのことはすべて心から追いだして。

それで、ルミッキはただタンペレ行きの朝の列車に乗り、自宅にもどって服を着替え、あわただしくコーヒーを一杯飲むと、歩いて学校へ向かったのだった。

なにもかもふだんと変わらないような顔をして、いつもどおりのことを、いつもどおりにこなす。まわりの人たちはいつもと同じように職場や学校へ急いでいる。ルミッキは、ガラスの棺の中からまわりの人たちの姿を見ているような気がした。自分はそこにいるけれど、存在していないのと同じなのだ。

むかしむかし、存在しない少女がいました。

その存在を完全にかき消されたローサ。そして、歩いたり呼吸したりして、一見したところ生きている人間らしく見えるものの、自分の中には暗黒しかないと感じているルミッキ。ただ人間の皮をかぶっているだけ。

登校したルミッキが最初に顔を合わせたのは心理学のヘンリック・ヴィルタ先生だった。先生がルミッキに心配そうな目を向ける。

「体調がよくないのか?」

先生が聞いてきた。

「大丈夫です。この季節の暗さに、ちょっと参ってるだけで」

「いまごろの季節は日照時間が極端に短いからね、十分に睡眠を取って、たっぷり光を浴びるよう心がけないと」

そういって、ヘンリック先生は温かな笑みを浮かべてくれた。

ルミッキはうなずくのが精一杯だった。ヘンリック先生と別れた直後にあらわれたサンプサは、ルミッキのぐったりした様子を見て、先生に輪をかけて心配そうな顔になった。

「ゆうべ、遅かったから」

12月14日 木曜日

ルミッキはうそをついた。あとひとつでもうそをついたら、吐いてしまいそうだ。

「スウェーデン系フィンランド人同士で、めちゃくちゃに大盛り上がりだったってわけか」

サンプサが笑いながらいった。

ある意味、それが引き金になったのかもしれない。サンプサの言葉も微笑みも声の調子も、なにもかもがルミッキの気に障った。サンプサが、授業が終わったら図書館で待っているから一緒にきみのうちへ行こうよ、というのを聞いたとき、ルミッキはかっとなった。

「あたしすごく疲れてるの、だから授業のあとは昼寝でもして、スウェーデン系のめちゃくちゃな夢を見ながら、スウェーデン系のめちゃくちゃな静けさをひとりで満喫したいんだけど」

「うんと静かにして、きみの邪魔はしないって約束するよ」

サンプサは穏やかにいった。

「だめ。今日はひとりでいたいから」

「近ごろは、しょっちゅうひとりでいたがるんだね」

「あたしはそういう人間なの。あたしと付き合いはじめるとき、あなたはちゃんと知ってたはずよ」

「ときどき、ぼくはきみの人生にとって取るに足りない存在なんだって感じてしまうな」

サンプサの目に浮かぶ悲しみがルミッキにも見えた。別の状況ならルミッキの胸は痛んだだろう。しかし、今日はちがう。今日のルミッキはあまりにも疲れていて、不安で、巨大ななにかに押しつぶされそうな気がしていて、サンプサの悲しみも、ただ責められているだけとしか思えなかったのだ。

サンプサにどんな言葉をかけてあげられるというのだろう。いえるとしたら、こんな言葉だけなのだ――あなたにそばにいてほしくないの、なぜなら、あたしが口にする言葉は全部うそだから。うそをつくのはあなたを守るためだけど、今日はその気力すらないの。あなたには、あたしを救うことなんかできない。そんなことができる人は、だれもいない。

学校にいるあいだずっと、ルミッキは視界のきかない真っ黒な霧の中にいる気分だった。いま、ハメ通りを歩くルミッキの足は、ハメーンシルタ橋を渡ろうとしていた。橋の両側には、光の馬たちが儀礼兵の列のように並んでいる。毎年のイルミネーションでいちばんすばらしいのがこの光の馬の列だと、ルミッキはいつも思う。後足で立ち上がり、前足のひづめで宙をかいている馬たちの、誇らしげないななきまでもが聞こえてきそうだ。

いつも光の中を歩きなさい。

答えを得ることができないかぎり、暗黒からはぬけだせないだろう。

ルミッキは決心した。いまこそ初めて、こちらから脅迫者に連絡を取るべきときなのだ。ポケットから携帯を取りだすと、ルミッキは〈影〉が利用しているメッセージ・サービスの番号にショートメッセージを送信した。

あなたに会いたい。

この呼びかけが、〈影〉をおびき出すのに十分な力を持っていますようにと、ルミッキは願った。これまでの経緯からある程度は理解しているつもりの〈影〉の心理状態を考えれば、この誘惑には勝てないはずだ。

危険なゲームだということはわかっている。それでも、すべての背後に隠れているのがだれなのか、どうしても知らなければならない。

自宅の前までもどると、思いがけない光景がルミッキを迎えた。サンプサがいたのだ。彼は、ピクニック・バスケットをかたわらに置いて、階段にすわっていた。

「帰ったほうがよければ、そうするよ。ただ、なにかちょっとお腹に入れて、ついでに肩のマッサージでも受けたら、きみの気分がよくなるんじゃないかと思って」

ライトグリーンの大きなニット帽をかぶり、ルミッキが心を開いてくれるのではと思って目を耀かせているサンプサの姿は、見る者の気持ちをなごませ、愛らしくさえあった。こんなにも揺るぎない無償の愛を得るために、自分はいったいなにをしただろう。

「十二月にピクニックなんて、本気で考えてたの?」

ルミッキは聞いた。

12月14日 木曜日

「もちろんさ。ブランケットからなにから、全部持ってきたんだ。それくらいのスペースなら、きみの部屋にもあるよね」

そういって、サンプサはにっこりと微笑んだ。ルミッキは彼のコートのえりをつかむと、優しくキスして、長いこと唇を離さなかった。いまこの瞬間、世界中のだれよりも、サンプサにはこのキスを受ける資格があると思いながら。

ルミッキの部屋に入ると、サンプサは本当にブランケットを床に広げ、バゲットやフレッシュチーズやブドウやチョコレートマフィンを並べはじめた。BGMに、フィンランドの女性ミュージシャン、サンナ・クルキ＝スオニオの曲を流している。現代風アレンジの民族音楽が収録された、『黒』というアルバムだった。サンプサはルミッキをブランケットの上にすわらせておいて、パンをスライスし、グラスに赤ワインをついでから、ルミッキの肩に両手を置いた。

「さあ、ゆっくり楽しんで」

サンプサの声が耳元でささやく。

ルミッキは目を閉じた。サンプサの優しさと思いやりに、思わず泣きそうになってしまう。

わたしは風を知っている　風のことも、凪（なぎ）のことも
わたしは影を知っている　影の向こうの岸辺のことも

12月14日 木曜日

ここからどこへ、どこへ向かえばいいのだろう
わたしはどこで、どこでやすらえばいいのだろう
大地のすきまに、大地のすきまにもぐり込むことはできないだろう
病がわたしを、病がわたしを殺(あや)めぬかぎり
沼地の底へ、沼地の底へ沈むことはないだろう
死がわたしに、死がわたしに触れぬかぎり
横たわりたい、わたしは横たわりたい、けれど眠りは訪れない
水を飲みたい、わたしは水を飲みたい、けれど渇きは覚えない

歌のメロディと歌詞、サンプサの優しい手、血管を流れる赤ワインのぬくもり。それらがひとつになって、ルミッキのまわりにふわふわしたおとぎの世界をつくりだした。ずっとこの中にいられたらいい。ほかのことはすべて忘れてしまえたら。せめて、ほんのひとときだけでも。

　サンプサのマッサージは心にも体にも気持ちよかった。それでもルミッキは別の手を思いださずにいられなかった。まったくちがうやりかたで肌に電流を走らせ、幾度か軽くなでるだけで、喜びにあふれた刺激を体中に送り込んでしまう手。リエッキ。ルミッキが思い浮かべているのは、その人のことだけは考えてはいけない、まさにその名だった。サンプサに対

して、ひどいことをしている。

そのときルミッキの携帯が鳴って、ショートメッセージの着信を告げた。ルミッキは携帯に手を伸ばした。

「あとにしたらどうかな」

サンプサがいった。

「どうしても読む必要があるの」

ルミッキはそう返事して、携帯のほうへ身をかがめた。

サンプサの手が肩から離れる。いずれにしても、ふわふわのおとぎの世界は消えてしまっていた。ルミッキの耳の中で恐怖と期待がどくどくと鳴り響いている。しかし、メッセージは〈影〉からではなかった。送信元はリエッキだった。


いつもきみのことを考えている。朝目覚めて最初に考えるのも、夜眠る前、最後に思うのも、きみのことだ。朝から夜までずっと、きみのことを思っている。いまでもきみを愛している。ぼくはいつまでもきみを愛する。

ルミッキは頬が熱くなるのを感じた。リエッキのことを考えていたら、ちゃんと感じとってくれたなんて、ふたりを結ぶきずなはそんなにも強いのだろうか。ルミッキは立ちあがった。そのままキッチンへ向かう。

「だれからだったの？」

　サンプサの声がする。

「ママから。あたし、実家にシャツを一枚忘れてきちゃったみたい」

　うそ、うそ、うそ、うそ。またひとつ、うそをついた。ルミッキは無意識のうちに、リエッキからもらった竜のブローチがしまってある引きだしを開け、それを手に取っていた。美しいうろこを指先でなでる。このブローチをコートのえりに留め、堂々と外を歩けたら、どんなにいいだろう。そんな単純なことが、どうしてルミッキの人生では許されないのだろう。

　サンプサが立ちあがったのが、背後の物音でわかった。ルミッキはブローチをすばやくポケットに隠した。携帯を操作し、リエッキからのメッセージを消去する。本当なら、携帯に登録してあるリエッキの番号そのものを消去すべきだった。しかしルミッキにはまだそれができなかった。

　ここへ来て、友よ
　そしてわたしを導いて
　ヘビとサソリの来る場所へ

ここへ来て、友よ
そしてわたしを導いて
いばらのとげが　人を八つ裂きにする場所へ

ここへ来て、友よ
そしてわたしを惑わせて
わたしが望んでいるものは　道を外して惑うこと

サンナ・クルキ＝スオニオの歌声がルミッキの頭を占領している。

「音楽、消してもいい？」

サンプサに頼んだ。

「もちろんだよ。なにをしたいの？」

「眠りたいの」

サンプサの目を見ずにそう答え、ルミッキはマットレスのほうへ歩いていった。突然、立っていられないほどの疲労を感じた。服を着たままマットレスの上に倒れ込み、上掛けをしっかりと体に巻きつけると、ルミッキはあっというまに眠りに落ちていった。

なぜ目が覚めたのか、わからなかった。隣に目をやる。サンプサはぐっすり眠り込んでいる。ルミッキはひじをついて体を起こし、部屋の中を見まわした。ピクニックの道具はサンプサが片づけてくれたらしく、ブランケットもたたまれている。その物音にも気づかないくらい、深く眠っていたようだ。

時計を見ようと携帯を取りあげたとき、メッセージの着信音で目が覚めたのだと気づいた。時刻は二十二時十五分。メッセージの送り主は、今度こそ〈影〉だった。

サルカンニエミ遊園地へ来てほしい。遊園地は、私たちが会うのにふさわしい場所だ。そこですべてをきみに話そう。

12月14日 木曜日

きみの姿を目にすることができないときも、私はしばしばきみを見ている。私にはそのためだけの場所がある。きみの写真を何枚も持っているよ。こっそり撮った写真だ。写真の中のきみは愛らしく、だれかに見られていると知らずに物思いに沈んでいる。私の秘密の部屋は、壁に貼られたきみの写真でいっぱいだ。この指で、きみの額をなでる。下唇の完璧な曲

線をなぞり、どうやってキスしようかと空想にふける。

きみのことが書かれた新聞や雑誌の記事も、すべて手元にある。さらに、きみがまだ存在すら知らずにいるさまざまな書類も、私は大量に持っているよ。これまでのきみの人生を年表にして、壁に貼ってある。きみの身の上には、これまでに多くの出来事が起きているね。

オレンジ色の手袋の片方を、なくしたと思っていたかな？　あれは私の手元にある。銀色のペンも、白いシャツから外れたボタンも。いまはまだきみの体を愛撫できないから、こういう小さな宝物をかわいがっているよ。

ときどき、ろうそくを持って〈ルミッキの部屋〉に入ることもある。そして、炎の輝きが、写真の中のきみの頬を赤く染めるさまを眺めるのだ。きみは美しい。私の知る中で、だれよりも美しい。

しかし、写真だけではやはり物足りない。ちょっとした品物は、しょせん代用品だ。

きみのすべてがほしい、五感のすべてをもってきみを手に入れたい。きみの姿が見たい、きみの香りをかぎたい、きみを味わいたい、きみに触れたい。これほど強く手に入れたいと思ったことは、人であれ、ものであれ、一度もなかった。

きみは、私が生きる目的、私が存在する意味そのものなのだ、私のルミッキ。

15

12月14日 木曜日

警報装置が作動しないことを祈りながら、ルミッキはナシヤルヴィ湖畔にあるサルカンニエミ遊園地のフェンスを乗り越えようとしていた。気温は氷点下に下がっており、金属の表面についた水分が凍りついていて滑りやすい。それでも、大音響のアラーム音が鳴り響くこともなく、ルミッキはフェンスの内側へ降り立った。いたるところに霜が降りて、魔法の粉みたいにきらきらと光を放っている。しかし、静まり返った無人の遊園地は不吉な感じがして不気味だった。夜の中に黒い影となってそそり立つ遊具は、無数の腕を持つ怪物のようだ。怪物たちは微動だにしないが、いつ地面から足をもぎ離して動きだしてもおかしくなさそうに見える。回転ブランコがいまにも荒々しくまわりだし、チェーンが切れて、ブランコが四方へ飛んでいってしまいそうな気がする。魔法のじゅうたんが本当に空へ舞いあがり、ナシヤルヴィ湖に降りて、泡を立てながら沈んでいきそうだ。

冬のあいだは打ち捨てられ、冬眠についている遊具たち。その眠りを覚ますのは、やめておいたほうがいいだろう。遊具たちを怒らせてしまうかもしれないから。

ルミッキは今回も、眠っているサンプサの目を覚まさせずに家をぬけだすことができた。

深く眠れるのは、天から彼に与えられた一種の才能なのだろう。ただ、今回は急いでいたので、一枚のメモすら残すことができなかった。メモを用意している気配でサンプサが目を覚ましたらまずいと思ったのだ。ルミッキはなにがあろうと〈影〉に会わなくてはならなかった。はっきりした答えを手にしなければならなかった。

そうして遊園地までやってきたものの、あたりに脅迫者の姿はない。ルミッキはかくれんぼにうんざりしていた。

「あたしはここよ！」

肺活量が許すかぎりの大声でどなった。声が遊具に反響し、こだまとなって返ってくる。返事をする者はだれもいない。

びっくりハウスに入れ。

ショートメッセージが届いた。まただ。この期に及んで、なぜルミッキにあれこれやらせようとするのだろう。すでに指定の場所までやってきた。〈影〉と対決する覚悟はできているというのに。

びっくりハウスの扉は開いていた。中に向かって声をかけてみる。なんの音も聞こえない。ルミッキはハウスに足を踏み入れた。斜めに傾いて歩きづらい床、縄で編んだ吊り橋、やわらかくて足が沈む床。鏡だらけの部屋に来ると、鏡に映る自分はのっぽに見えたりちびに見えたり、太って見えたり、がりがりにやせて見えたりする。このびっくりハウスは、ルミッキにはおなじみの場所だった。それで、ハウスの中をすばやく駆けぬけることができた。真っ暗闇の廊下も、ガラスの迷路も。最後にすべり台があって、ハウスは終わりだ。

次のメッセージが届いた。

いいぞ。きみはいま、〝子ども時代〟と呼ばれる奇妙な段階を通りぬけたわけだ。子ども時代というものは、斜めに傾き、ゆがめられていて、記憶を信用することはできず、鏡はうそをつく。さあ、次はトルネードの番だよ。

すでに落胆と失望がルミッキの胸に広がっていた。こんなことは、もうやめたい。しかし、もしかしたら次のひとつが最後の指令かもしれない、と思った。最後の指令に従えば、ついに答えが得られるのかもしれない。

トルネードと名づけられているのは、別の次元へつながっているかと思うほど奇抜なカーブを描くジェットコースターで、この遊園地で最もスリリングな乗り物だった。ときには客を乗せたワゴンを逆さ吊りにしながら、猛スピードで疾走する絶叫マシンだ。コースの途中には、ぐるりと三百六十度回転する巨大なループがある。

さらなる指令が届いた。

トルネードのレールによじ登れ。

脅迫者の頭は完全にいかれているにちがいない。ジェットコースターのレールなんて、頭のいかれた人でなければよじ登るわけがない。しかし、いまこの場で頭がおかしいのは、ルミッキのほうだった。指令どおりによじ登っているのだから。

氷のように冷えきったレール伝いによじ登るのはひと筋縄ではいかなかった。金属の表面は硬くて滑りやすく、手をかけるのが難しい。最初の数メートルは、平坦なレールの上に両手両足をついて前進することができたが、コースはじきに上昇を始め、よじ登るのは不可能に近くなった。数メートル上っただけで、ルミッキのエネルギーはほとんど底をついてしまった。ひざをついたまま進み、コースのねじれやカーブがきつい場所ではレールにぶら下がったり、両足でレールをペンチのようにはさんだりする。ときには腕の力だけで体を押し上げた。ギブアップするものかとばかり、ぐっと歯を食いしばる。そのとき、うっかり下を見てしまった。

なんという高さ。あまりに高すぎる。どこまで高く登れば、〈影〉の気がすむというのか。ルミッキは目を閉じ、深呼吸した。凍てつく風が頬をなぶる。こんなことはばかげている。

12月14日 木曜日

次の瞬間にも転落して、死んでしまうかもしれないのに。

だしぬけに、下でだれかの叫ぶ声が響いた。

「ルミッキ!」

それがだれの声なのか、どこにいてもルミッキにはわかっただろう。しかし、ルミッキは自分の耳を信じることができなかった。そろそろと下に目をやる。ルミッキの耳は正しかった。リエッキがそこにいたのだ。

「下りてくるんだ! 気をつけて!」

ルミッキの手足から、頬から、心臓から、みるみるうちにすべての感覚が消えていった。リエッキ。世界中でだれよりも愛している人。さまざまなことがあってもなお、世界中のだれよりも信頼している人。リエッキだったのだろうか……? まさか、この人があの……? 頭に浮かんだ文章を最後まで言葉にすることは、ルミッキにはできなかった。しかし、ほかにどんな説明がありえるだろう。

そこへもうひとつ、別な声が響いた。同じくらい、よく知っている声。

「いったいなにをしてるんだ? 下りておいで、さもないと救急センターに通報するよ!」

サンプサだ。

もう、なにがなんだかわからなくなった。どうしてサンプサとリエッキがそろってこの場所にいるのだろう? ルミッキの体からますます力がぬけていった。ジェットコースターのレールから下りはじめる。下りるのはよじ登るよりさらに難しかった。金属の表面が、つかもうとする手から逃げていくようだ。レールの端にからみつけていた足が滑った。手の力だけでレールにぶら下がる。

その両手が、レールから外れた。

すでに真下に駆けつけていたサンプサとリエッキが、落ちてきたルミッキを受け止めてくれた。しばらくのあいだ、ルミッキは同時にふたりに抱かれ、ふたりの腕に守られていた。守られているのか、それとも束縛されているのか。どちらなのか、もうわからない。ふたりの腕をふりほどくと、ルミッキは数歩離れたところに立った。

「ふたりとも、ここでなにをしてるわけ？」

「それはこっちが聞きたいね」

リエッキが挑むように言い返してきた。

「あたしが先に聞いたんだから、返事をするのはあなたたちが先よ」

ルミッキはリエッキの目から視線をそらさなかった。先に目をそらしたのはリエッキのほうだった。

「わかったよ。ぼくは眠れなくて、きみの家のそばをぶらぶらしていた。ひと目でいいからきみの姿を見たかったんだ、たとえ窓越しでも。そのうちに、きみが家から出てくるのが見えたから、後をつけてきたんだ」

リエッキは正直に話しているように思える。しかしルミッキはもはや、相手がだれであれ、信用していいのかどうかわからなくなってしまっていた。

ルミッキは視線をサンプサに移して聞いた。

「あなたはどうなの？」

「きみの携帯に届いたメッセージをこっそり読んだんだ。あれが着信したとき、きみはすぐには目を覚まさなかったからね。きみが起きたとき、ぼくは寝たふりをしていて、そのうちにきみが部屋を出ていったから、あとをつけてきたんだよ。ぼくはもうずっと前から、きみにはほかに相手がいるんじゃないかって疑っていた」

そう答えるサンプサは、最初のうちこそきまり悪げだったが、やがて決然とあごを上げて、言葉を続けた。

「ぼくの勘はまちがってなかったみたいだな。きみは、そいつに会いにここまで来たんだろう」

サンプサは、〝そいつ〟という単語を吐きだすように発音しながら、リエッキのほうへあごをしゃくった。

「ちがうわ」

「だったら、なにをしに来た？」

ルミッキは返事をしなかった。頭の中がぐちゃぐちゃに混乱している。リエッキの話は真実だろうか？　サンプサは？　脅迫者は、ふたりのどちらかではないということ？　もしかして、ふたりが手を組んでいるのだとしたら？　ふたりが共謀していたとしたら？

「いずれにしても、おまえの出る幕じゃないってことは、はっきりしてるだろ」

リエッキがサンプサにいった。

サンプサはリエッキのほうへ向き直ると、相手の領分へ侵入する勢いでつかつかと歩み寄り、ぐいと体を近づけた。

「いっておくけど、ルミッキはぼくの恋人なんだよ」

「その恋人は、ほんの二、三日前に、ぼくにキスしたけどな」

サンプサの目が、本当なのか、と問いかけるようにルミッキに向けられる。ルミッキはやはり答えなかったが、目の表情がすべてを物語ってしまっていた。サンプサはリエッキを小突き、声を荒らげた。

「ぼくらの前から消え失せろ！　おまえは一度、ルミッキを捨てたんじゃないか。おまえにはもうチャンスなんか残されてないんだ」

するとリエッキはゆがんだ笑みを浮かべ、ふざけているような手つきでサンプサを軽く小突き返した。

「真実の愛にとって、そんなことは問題じゃない。ぼくとルミッキはひとつに結びあわされてる。これは、運命なんだ」

12月14日 木曜日

「へえ、ずいぶんと大きな口を叩くじゃないか。男らしさが足りなくてルミッキのそばから逃げだしたくせに」

　サンプサが言い放った。

「なんだと？　どっちが真の男か、いまここで勝負しようっていうのか？」

　一瞬ののち、リエッキとサンプサは取っ組み合いを始めていた。ふたりとも相手に罵声(ばせい)を浴びせ、その合間に、ルミッキが本当に愛しているのは自分だ、とどなっている。ルミッキは死にそうなほどの疲労感にとらわれながら、またしてもガラス越しに眺めているような気分で、つかみ合っているふたりを見つめていた。ふたりのどちらかを応援するつもりはなく、どちらかが負ければいいと望んでもいない。こんな争い、まるで無意味で、ばかみたいだと思った。半人前の子どものようだ。

「もう、うんざり」ルミッキはため息をついた。「あんたたちは、世界の終わりまで取っ組み合っていればいいわ。あたし、帰る。ふたりとも、追いかけてきても無駄だから」

　それだけいうと、ルミッキはだっと駆けだし、振り向きもせずに走りつづけた。疲れた筋肉がスピードを維持しようと必死になるのを、感じていたかった。凍てつく空気が肺にもたらす痛みも。頭の中に立ち込めて、すべてをあやふやな状態にしている霧を、少しでも減らしてくれるものがほしかった。

　頭がおかしくなって、自分でもそれが自覚できなくなる、ということはあるのだろうか。

もしかして、頭がおかしくなるときは、それがいちばんよくあるパターンなのかもしれない。自分が現実との接点を失ってしまっているのだとしたら、どうだろう？　なにもかも、ルミッキの想像に過ぎないとしたら？　そもそも、手紙なんか届いていないのでは？　メッセージもなかったのでは？　脅迫者など、存在しないのだとしたら？

すべてはルミッキの頭の中の出来事に過ぎず、ルミッキ自身の狂気でしかないのだとしたら。

ルミッキは遊園地のフェンスに飛びつき、手と靴の爪先でしがみつくと、よじ登って乗り越えた。再び走りはじめる。ムスタラハティのマリーナのあたりで、背後から声をかけられた。

「よう、おねえちゃん！　おれたちと二次会に行くか！」

中年男性のグループだった。クリスマスパーティーから流れてきたらしい。少なくとも、こびとの三角帽と赤らんだ鼻からは、そう推測できた。ルミッキはひたすら走りつづけた。あらゆるものから走って逃げたかった。人生からも、ありふれた日常を変えてしまった狂気からも。

決定的な答えはいまだに見つかっていない。脅迫者の身元は、依然として明らかになっていないのだ。

12月14日 木曜日

自宅の玄関のドアを開けたとき、ルミッキはそのまま床にくずおれて泣きだしたい衝動に駆られた。人間は、どこまでひとりで耐えられるのだろう。どれほどの重荷をひとりで背負わなくてはならないのだろう。限界に達し、崩壊してしまう瞬間は、いつ訪れるのか。

ルミッキはあまりに混乱していて、自宅の中にいつもとちがうにおいが漂っていたのに、気づかなかった。それに気づいたとき、ルミッキの両手はすでにがっちりとつかまれて背中にまわされていた。革手袋で口を押さえつけられ、着ている服のそでがまくり上げられる。ルミッキの意識が最後にとらえたのは、鋭い針がむきだしの腕に突き刺さり、なにかが血管に注入された、ということだった。

次の瞬間、まわりの世界は消え、代わりに暗黒が訪れた。

12月15日

金曜日　未明

16

人影が、近づいてきたり離れていったりしながら揺らめいていた。その輪郭ははっきりせず、常に動いている。全体像を把握するのは難しかった。

ルミッキは目の焦点を合わせようと努力した。なにもかもがかすんで見える。頭痛がするし、手も足もどす黒い悪夢のように重たい。まぶたが再び閉じそうになる。目を開けていようと必死になった。

ルミッキはあおむけに寝かされていた。左手を体から少し離してみたが、すぐになにかにぶつかって、それ以上は動かせなかった。右手も同じだ。両足も。なんとか片手を持ち上げ、胸の上に掲げてみたが、やはりなにかにさえぎられてしまった。どうなっているのか、よくわからない。それでも、視線を両脇と真上に向けることはできた。

なにもかも霧のかかったこんな状態でなければ、きちんと見ることができただろう。しかしルミッキの目の前には霧が立ち込め、思考にも霧がかかって、まともに働こうとしてくれない。

「ほどなく、お姫さまは目を覚ましました」

だれかの声が、ルミッキの頭上から響いてきた。動きまわっている人影が発した声だ。この声なら知っている、とルミッキはぼんやり考えたが、それがだれか、はっきりとはわからなかった。

「きみがおとぎ話のお姫さまより強いことはわかっていた。どんな毒も、きみに対する効果は長続きしない。きみは、闘士だからね。これまで生きてきて、きみはずっと闘いつづけてきた。私に対しても、きみは勇敢に闘ったよ。恐怖を感じているのに態度には出さなかった。だれにも口外しなかったしね」

ルミッキの頭にかかった霧が、少しずつ晴れてきた。そして、重たい手足をのろのろと動かそうとしても、すぐになにかにぶつかってしまうのはなぜなのか、ようやく理解することができた。棺の中に横たえられているのだ。芝居で使う、ガラスの棺の中に。

「しかし、闘いはここまでだ」何者かの声が言葉を続ける。「もう闘う必要はない。全面降伏して、私のものになればいい」

ルミッキは体を起こそうとした。しかし、血管に黒い鉛が流し込まれたかのように体が重く、うまく動くことができない。頭が棺のふたの内側にぶつかった。必死の思いで両手を上げ、ふたを押し上げようとする。

ふたは簡単に開くはずだった。ルミッキはそれを知っていた。芝居の稽古で、幾度となく内側からふたを開けてきたのだから。しかしいま、目の前のふたはびくともしない。

「ああ、哀れな白雪姫（ルミッキ）。人生では、ときとして驚くべきことが起こるね。なにもかもが思ったとおりになるとはかぎらない。ガラスの棺から簡単に出られることもあるだろう。しかし、これは芝居ではない。おとぎ話ではない。これは現実だ。現実の世界では、ガラスの棺のふたはねじで留めつけてあるのだよ」

ルミッキは、答えを得ようともがいている自分の頭脳を励まして、なんとか声の主を特定しようと必死になった。耳になじみの声。だれの声だか、自分にはわかっているはず。その人の名前を思いだせるはず。

よく知っているはずの名前。

これまでに何度も口にしたはずの名前。

しかし、いまだ霧に包まれているルミッキの脳に、その名は浮かんでこなかった。ただ、声の主がうそをついていないことは、ルミッキにもすぐに理解できた。棺のふたは、たしかにねじで留められ、固定されている。

「きみにとって驚くべきことといえば、ねじ留めされたガラスの棺の中は完全に密閉されていて通気性がない、という事実もそうかな。私がきみの立場なら、必要以上に空気を吸うのはやめておくところだね。酸素は永遠にはもたない。きみだって、私がきみについて知っていることをすべて話して聞かせるあいだ、意識を保っておきたいはずだ」

ルミッキは再びあおむけに横たわった。落ち着いて、と自分に命じる。息を吸うのは必要最小限にして。気持ちを鎮めて、楽にするの。さもないと、この状況は絶対に切りぬけられない。

　絶対に切りぬけられない。

　その言葉が頭の中に響いたとき、恐怖がルミッキの首筋を這いのぼってきた。その言葉は、あっさり現実になるかもしれない。

「きみは私からの手紙をすべて読んでいるね。つまり、私がきみについていろいろと知っているということを、きみは把握しているはずだ。きみのことを調べるようになってから、もうずいぶん経つ。私はきみの姿を目で追い、様子を探ってきた、きみを見守り、監視し、きみの一挙一動を見張ってきた。なぜなら、私にはすぐにわかったからだ。われわれは互いに似ていると。われわれの中には、闇が住みついている」

　ルミッキは吐き気を覚えた。それが、何者かが語りかけてくる言葉のせいなのか、それとも注射されたらしい薬物のせいなのかはわからない。呼吸を整え、もっと浅く息をしようと試みる。脈が安静時のレベルまで落ちていくのにまかせる。

「血や殺しのことを語る私の言葉に、おびえているかもしれないね。私の手紙を読むときのきみの表情を、何度か眺めさせてもらったよ。きみは衝撃を受け、恐怖におののいているようだった。そんな顔をしてみせる必要はなかったのに。

　きみ自身も殺人者だろう、それを知らなければ、私もあんな手紙を書いたりしなかったよ。

12月15日 金曜日 未明

実のところ、われわれふたりのうち、殺人者と呼べるのはきみだけだ。私はただ、もしも殺したら、という想像をもてあそんで楽しんでいるだけだからね。いずれはこの想像を現実にしなければと思っているが。しかし、まだ実現はしていない。

もしもきみがもっと愚かで、私の手紙やメッセージについてだれかにしゃべっていたら、私は手紙で警告したとおりのことを実行しただろう。そうするだけの正当な理由を、与えられたことになるからね。きみにとって、殺しの正当な理由とはなんだろう、愛するルミッキ。単に殺したいという欲望かな？　持って生まれた邪悪な心？　案ずることはないよ。どちらであっても、私をぞくぞくさせてくれることに変わりはない」

〈影〉は、獲物を前にした猛獣のように、ガラスの棺のまわりを歩きまわっている。いつ、どうやって獲物に襲いかかろうかと考えているのにちがいない。最初に牙を突き立てるのは、すねにしようか、腕にしようか、それとものどもとか。

「きみは演技がうまいのか、それとも本当に覚えていないのか、私にはわからない。少なくとも、私の手紙によって、記憶が少しずつよみがえりはじめたのだろうと思っているよ。血まみれになったきみの手。きみがどうやって姉のローサを殺したのかも」

その瞬間、ルミッキの脈は再び、パニックを起こしたときのレベルまで跳ね上がった。

〈影〉は本当に知っているのだろうか？　それが真実？　ルミッキは実際に姉を殺してしまったのだろうか？

12月15日 金曜日 未明

「ああ、私のルミッキ、なんて青い顔をしているんだ。ひょっとして、覚えていないのか。どうやってその手で鋭いナイフを姉の腹に突き刺したかも、姉のかたわらに立ったまま、大量の出血で死んでいくのを冷たい目で見下ろしていたことも。きみはベビーシッターを呼びにいかなかった。シッターが来たときには、すでに手遅れだったのだ。私はすべての調書に目を通したんだよ」

霧がかかったままのルミッキの頭脳と感覚は、目の前のことにしっかりと焦点を合わせることができずにいる。代わりに、〈影〉の言葉が、過去の記憶を突然はっきりとよみがえらせた。目を閉じると、ルミッキの意識は三歳のころにもどっていった。

ルミッキが三歳、姉のローサは五歳のときのことだった。その日ママとパパは、劇場にでも出かけていたのか、留守だった。ふたりの面倒は、子守りなんてうんざりという表情のベビーシッターが見てくれていた。シッターは近所に住む十代の少女で、名前はイェンニカといった。

その夜、イェンニカは恋人とけんかしていて、相手の少年や、その友達や、自分の友達にかわるがわる電話をかけまくっては、事態を収束させようと躍起になっていた。夕食としてルミッキとローサに与えられたのは、ろくに温めていないパンケーキと、イチゴジャムだけだった。

「あんたは女の子と見ればすぐにちょっかいを出すくせに、あたしがちょっとほかの男の子に話しかけたらもう娼婦呼ばわりなんて、いったいなんの権利があってそんなことができるのよ？」

イェンニカは携帯に向かって金切り声を上げている。電話の相手は恋人本人のようだ。

「しょうふって、なあに？」

ルミッキはたずねた。

「恋人がいっぱいいる女の人のことよ」

ローサは姉らしく、自信たっぷりに教えてくれた。

するとイェンニカがぐったりした目をふたりに向けてきた。

「妹の面倒を見てなさい」イェンニカはルミッキを指さしながらローサに命じた。「あんたたち、二、三分でいいからおとなしくしてて。殺し合いとか、するんじゃないわよ」

それだけいうと、イェンニカは二階へ消えていった。だれにも邪魔されずに電話したかったのだろう。

イチゴジャムは、小さなパンケーキにつけて食べるには多すぎて、お皿にまだ残っていた。

「死んだ人ごっこをしようよ！」

ローサが思いついていった。

「どうやって遊ぶの？」

12月15日 金曜日 未明

ルミッキはたずねた。

「こうするのよ」ローサはイチゴジャムを白いネグリジェの胸になすりつけた。「これは、血なの」

ルミッキも同じようにした。イチゴジャムが床にこぼれて滑りやすくなった。手がべたべたしている。ルミッキは笑いだした。しかし、ローサはまだ満足していなかった。

「血が出たってことは、なにか切れるものがなくちゃおかしいよね」

そういいながら、食器棚のほうへ歩いていく。やがてローサがもどってきたとき、ルミッキはどきりとした。ローサの手にはナイフが握られていたのだ。

「ナイフにさわっちゃ、いけないんだよ」

ルミッキは小声でいった。

「ママもパパも留守じゃない。それに、こんなのただの遊びでしょ」

それがローサの返事だった。

「うん」

ルミッキはあいまいにささやいた。

「あたしは、とっても不幸な女の人ってことにする。死んじゃいたいと思ってるの」

ローサは遊びの中身を説明しはじめた。

「どうして死んじゃいたいの？」

「えっと、恋人に捨てられたとかかな」そういって、ローサはナイフを振りかざし、ドラマチックに叫んだ。「もう生きていられない！　あたし、自分の命を絶つわ！」

ローサはナイフの刃先を自分のお腹に向けた。もちろん、ネグリジェには触れないくらい、十分な距離を取って。

そこから先はあっという間の出来事だった。ローサが床にこぼれたイチゴジャムを踏んで足を滑らせた。前のめりに転んだローサのお腹に、手に持っていたナイフが深々と突き刺さった。ローサはうつぶせに倒れたまま いつまでも起き上がってこない。ルミッキはローサに駆け寄り、肩をつついてみた。反応がない。ローサの体の下に、赤い血の海が広がりはじめた。

「こんなのつまんないよ、ばかみたい」

ローサは返事をしない。

「返事をしてよ！」

ルミッキは力を振り絞ってローサの体をひっくり返し、あおむけにした。

ローサは両目を見開いていたが、その目にルミッキは映っていなかった。口の端から血が流れている。

なにか、ひどく悪いことが起きてしまった。ルミッキはそれを悟った。

二階を目指して、階段を必死で駆けあがった。イェンニカの名前を大声で呼ぶ。イェンニカは二階のトイレで泣きわめいていた。

「あんたほど愛した人はほかにいないのに！」

ルミッキはトイレのドアを激しく叩いた。

「なんなのよ？」

ドアの向こうから聞こえたイェンニカの声は苛立っていた。

「ローサが。ローサが。ばかみたいなの、つまんないことするの」

「だったら、ほかの遊びがいいっていえばいいでしょ。ほんの少しのあいだでいいから、あたしをひとりにしておいてよ！」

イェンニカは泣き声でいった。

ルミッキも泣きたかったが、涙は出てこなかった。

ママとパパの寝室へ走っていったルミッキは、戸棚の救急箱からばんそうこうの箱を取りだした。血が出たら、ばんそうこうを貼らなくちゃ。ミニーマウスの絵がついているばんそうこうを、何枚かつかんだ。その絵柄がローサのお気に入りだったから。

それから階段を駆け下りた。ローサはまだあおむけに倒れている。赤い血の量が、さっきよりずっと増えている。ローサのお腹からナイフがそそり立っていた。こんなのおかしい、と思った。ナイフって、こんなふうに使うものじゃない。ルミッキはナイフを引きぬこうとしたが、うまくいかなかった。

12月15日 金曜日 未明

それで、ナイフが刺さっているところにばんそうこうを貼った。しかしばんそうこうはあっというまに血でぐしょぐしょに濡れてしまった。ローサの白いネグリジェは血まみれだ。ばんそうこうは効果がなかった。痛いのが飛んでいってくれない。

血はイチゴジャムと同じように床を濡らして滑りやすくしたが、ジャムみたいに冷たくはなく、むしろ温かかった。

ついに、目を真っ赤にしたイェンニカが、すすり泣きながら二階から下りてきた。キッチンの入口で、彼女の足は止まった。

「これって、いったい……」

「死んだ人ごっこをしてたの」ルミッキはいった。「ばかみたいでつまんないの」

この記憶は事実のとおりだ。それがルミッキにはわかっていた。想像の産物でも、注射された薬物の影響で見た幻覚でもない。思いだしたとおりのことが、すべて実際にあったのだ。時折、前触れもなく脳裏をよぎる奇妙な記憶の断片も、悪夢も、これで説明がつく。ルミッキにはかつて姉がいたが、死んでしまった。しかし、それは事故だった。ルミッキが殺したのではない。

ママとパパは、ルミッキが殺したと思っているのだろうか。ルミッキが戸棚からナイフを取りだし、ローサのお腹を刺したと思い込んでいるのか。両親が、姉のことも、過去の出来事事も、すべてルミッキに隠していたのは、それが理由だとしたら。

　両親と話をしなければならないと、ルミッキは思った。いますぐに。ガラスの棺からも、脱出しなければならない。

　ルミッキは、力を失っていた両手両足を少しでも動かせないか、慎重に試してみた。だめだ。おまけに、呼吸がさっきより苦しくなっている。酸素がなくなりつつあるのだ。

「きみは小さすぎて、なにをしてしまったのか自分で理解できなかったのだと、だれもが思った。過失とみなされたんだ。ごく普通の子どもたちが遊んでいる最中に、そういうことが起きる例もある。

　しかし、普通の子どもなら、すぐにベビーシッターのところへ走っていって助けをもとめるはずではないかな？　児童心理学の専門家の証言によると、きみは人と打ち解けない子で、かっとなることさえあったそうだね。きみは、ローサがばかみたいだったからと、何度も繰り返していたという。きみを取り調べた調書を読んでいると、きみの魂の奥底が見えたよ。私自身のそれと同じくらい、どす黒いのがわかった。黒檀のような黒さ。そのとき、ついに私はきみを愛しはじめたのだ」

　ちがう、ちがう、ちがう。

　ルミッキは心の中で激しく首を振った。そうじゃない。ベビーシッターのイェンニカが、うそをついたのだ。当時からおかしいと感じていたことを、ルミッキは思いだした。あのときは、うそをつくイェンニカに腹が立ち、家にいてくれなかったママとパパにも、現実になってしまう遊びをしたがったローサにも腹が立った。死んでしまうなんて、おねえちゃんなんか嫌いだと思った。ローサがにくらしかった。大好きだったのに、突然いなくなってしまうなんて。

ルミッキは吸い込む空気の量をさらにセーブした。酸素不足がはっきり感じられるようになってきて、ますます意識が遠のき、目もかすんでいる。

このガラスの棺が、自分を葬る棺になるのか。

ルミッキは、武器や脱出を可能にする道具になりそうなものがないかと、着ているものをまさぐった。ベルトのバックルなら役に立ったはずだが、ベルトはしていない。ヘアピンすら身につけていない。片手でジーンズのポケットを探ってみる。なにか金属製のものが入っていた。なにか、ひんやりしたもの。指先に触れるその表面は、とてもなじみ深く感じられる。ほかのだれのものでもない、ルミッキだけの竜。

それはブローチだった。ブローチにはピンがついている。ピンでガラスの表面に傷をつけることができないだろうか。

ルミッキは竜をぐっと握り込んだ。留め金を指で探り当て、ピンを外す。鋭いピンだ。ゆっくりと、慎重に、ポケットから手を引きぬいた。〈影〉はガラスの棺の右側にいる。ルミッキは、左側のガラスの壁面に、あらんかぎりの力を込めてブローチのピンを突き立てると、ひっかき傷をつけるように手を動かした。

細いピンは、もたなかった。折れ曲がってしまい、もう使い物にはならない。

恐怖と落胆の涙がルミッキの目に盛り上がってきた。

ガラスの棺からは、永遠に出られないのかもしれなかった。

12月15日 金曜日 未明

おそらくきみは、どうして自分なのかと思っているだろうね。

それは、きみが特別だからだ、私のルミッキ。きみの中には光と闇がある。きみはほかのだれともちがう。きみは私が目にしたことのあるどんな人間よりも強い。繊細で傷つきやすい面も、同時に持っているにしても。

きみはひとりきりになることを恐れない。ほかの人間にはきみほどの価値がないことを、知っているからだ。きみはいくつもの顔を持ち、きみの中にはいくつもの層が重なり合っている。きみほどの多様性を秘めた人間は、あまりいない。

きみは悲しみと憎しみを経験している。きみは単純な善人とはちがう。

私ときみが相対するとき、われわれは互いに対等な人間として向かい合うだろう。なぜなら、われわれふたりの中には、ほかの人間には理解できない黒い血が流れているからだ。

初めてきみを見たとき、私にはすぐにわかった。あれからもう何年も経つ。そのときはまだ、私がどれほど深いところまで、真の意味できみを見つめているか、きみは気づいていなかっただろう。そのころ、ある人物が私のもとを去ったばかりだった。その人は本当の私を見ることができず、私の考えや、私の心の奥底にあるものの価値を理解できなかった。その人が去って以来、もう自分に似た人間には巡り会えないだろうと、私は思っていた。

そんなとき、きみがあらわれた。

きみは静かなる嵐のようにやってきた。ほかの人間にはきみの持つ力がわからなかったが、私はきみの中に風を感じ、雷雲や稲妻や、激しい嵐だけが持つあらゆる気高さと美しさを見てとった。

ライダーズ・オン・ザ・ストーム。

それが、われわれだ。嵐にまたがり、操る者。この世界と社会の法や基準は、われわれには適用されない。われわれは例外的な存在なのだ。

きみがもうすぐ私のものになると思うと、幸せを感じる。きみは私だけのものになる。

17

命の息吹を探していたの
天の光のかすかな感触を
だけど頭の中ではいっせいに声が響く
ノゥ、オゥ、オゥ

イギリスのバンド、フローレンス・アンド・ザ・マシーンの『ブレス・オブ・ライフ』が講堂に響き渡り、ルミッキは心臓が止まった気がした。

「きみの好きな曲だね？　そんなに驚くことはない、いとしいルミッキ。きみの一挙一動を見守ってきたといっただろう。どんな音楽を聴いているかくらい、知っているよ。それに、いまの状況にはこの曲がぴったりだと思ってね。きみは、命を救ってくれるひと息を、酸素を、空気をもとめている。すぐに手に入るよ。ただ、その前に、きみもまた心から私を愛し、私たちふたりがともにいるべきことを理解しているかどうか、確かめたい」

〈影〉の声が緊張をはらみはじめた。ルミッキの脳は、その声の主がだれなのか、いまだに

12月15日 金曜日 未明

はっきりと思いだせずにいる。その声を正しく分類して棚に収め、しかるべき名札をつけることができずにいる。

この狂気の人物の正体は？　ルミッキになにをするつもりなのか？

ただ成り行きを見守っているだけではいけないと、ルミッキにはわかっていた。なにか行動を起こさなければ。

道はさらに険しく　彼女には迎えが来て
わたしは言いつづける　わたしたちはともにあるべきと
足の下が見える　ここにはなにかが存在する
あなたが行ってしまえば　ここはわたしの居場所ではなくなるのね

手のひらにはまだ竜のうろこの感触がある。ピンは曲がってしまっていても、ブローチを握りしめていると心強かった。ルミッキは指先でブローチの表面をなでた。竜の頭と耳を、背に折りたたまれた翼を、そして鋭くとがった先端を持つ尾をなでた。尾の先はとても鋭くて、指を刺した。

竜の尾の先端。その部分は、ピンに比べれば明らかに頑丈なつくりになっているはずだ。

ルミッキは速まる鼓動を鎮めようとした。落ち着かなくては。鼓動が速まれば、それだけ必要な酸素の量が増えてしまう。酸素はすでに不足しているのだ。低酸素症。人体が十分な酸素を得られなくなった状態。その結果どんなことが起きるのか、どれほどの時間でそうなるのか、考えないよう努めた。

ルミッキは竜の尾の先をガラスの棺の壁面に押し当てると、竜を握った手に全身の力を集め、そのまま手を横に動かしはじめた。ガラスの抵抗を感じる。ガラスの表面に傷をつけることができるかもしれない。しかし、どれほど深い傷をつけられるだろう。ガラスの強度を損なうほどの傷になるだろうか。

チャンスは一度しかないはずだ。それはわかっていた。一度で成功させなくてはならない。

ガラスの表面にひと筋の傷がついた。ルミッキは震える手で竜をポケットにもどし、気力をとりもどそうとした。あと少し、持ちこたえなくては。あと少しなら、酸素も足りるはず。

12月15日 金曜日 未明

そして再びその声が聞こえはじめた
だけど今度は終わりを告げる声ではなかった
その場所はとても静かで　オゥ、オゥ、オゥ
わたしの心はうつろな平原
悪魔が再びそこで踊るわ
その場所はあまりに静かで　オゥ、オゥ、オゥ

ルミッキはガラスの棺の中に残っている酸素をすべて吸い込んだ。それから、ガラスの表面につけた傷の部分を、渾身（こんしん）の力を込めてひじで打った。目の前に真っ赤な光が見えるほどの痛みがひじに走った。

それでもガラスは割れてくれた。棺の壁面がこなごなになって飛び散り、ルミッキは顔をかばいながら棺から転がり出て床に落ちた。割れたガラスのぎざぎざのふちが服や腕を切り裂く。小さな破片が肌に食い込む。しかしルミッキは意に介さなかった。

〈影〉は一瞬のうちに駆け寄ってきた。予想どおりだ。

「きみが待ちきれないことくらい、予想しておくべきだった……」

ルミッキのほうに身をかがめながらつぶやいている。

すかさず、ルミッキは〈影〉の鼻めがけてまっすぐにひじを突きだし、相手が苦痛の叫びを上げながら身を起こした隙（すき）に体勢を整えると、もう片方のひじを〈影〉の股間（こかん）にめり込ませた。

効果は絶大だった。相手は体をふたつに折ってうめいている。

ルミッキは棺が置かれていた舞台の上を横ざまに転がって移動し、舞台の端から飛び降りた。できるだけソフトに着地したつもりだったが、硬い床の衝撃はやはり大きかった。両足は依然として重たい鉛の棒のようだ。立ちあがることはできそうにない。少なくとも、いまはまだ。ルミッキはひじをつき、腕の力だけで床の上を這いずっていった。

いますぐどこかへ逃げなくては。隠れなくては。しかし、どこに?

講堂の隣は国語の授業で使う教室だった。そちらに向かって、ルミッキは這ったまま前進を続けた。自分でもいやになるほどのろのろとしか進めない。ひじが痛む。ガラスの破片がますます深く肌に食い込んでくる気がする。

背後のどこかで〈影〉が荒い息をしているのがわかった。じきに衝撃から回復するかもしれない。そうなれば、ほんの数歩走ってくるだけで、ルミッキに追いついてしまうだろう。

国語の教室のドアは細く開いていた。〈影〉が動きはじめたのが音でわかる。ルミッキは手でドアを押し開け、教室の中に這いずり込むと、どうにかドアのハンドルに手が届く程度に体を起こし、ドアを閉めた。同時に、ドアの向こうで〈影〉がハンドルをつかんだのがわかった。ルミッキは苦痛に歯を食いしばりながらもう片方の手を持ち上げ、ドアにロックをかけた。

そこで力がつき、ルミッキはあえぎながらぐったりとドアに背中を預けた。

「ああ、ルミッキ。私の小さなルミッキ」ドアの向こうで〈影〉が笑っている。「私が鍵を持っていないなどと、本気で思っていたのか?　もちろん鍵なら持っている。少し待っていてくれ、そこのロッカールームから取ってくるよ。それから、もっといろいろなことについて、ゆっくり語り合おう」

生き延びることはできないかもしれない。その思いが再びルミッキの胸にわき上がってきた。

18

死の恐怖には不思議な力があった。生き延びたいという本能が、全身の筋肉にあるはずのない力を与えたのだ。突然、ルミッキの手足は再び動くようになった。脳がすべての筋肉に指令を送り、そのあまりのすばやさに、ルミッキはきちんとした戦略を立てるひまもなかった。ただ体が動いただけだった。

机と椅子をドアの前にできるだけ多く集める。少しは時間稼ぎになるだろう。手の届く範囲に、投げつけられそうなものを手当たり次第に集めておく。それから窓を開けた。

鍵がドアの鍵穴に差し込まれ、まわされた。

「助けて！」

ルミッキは窓から外に向かって声をかぎりに叫んだ。

外に人影はない。しかし近くの公園にはだれかいるはずだ。犬の散歩をしている人とか、市街地や中央図書館へ向かう人とか。

ドアがのろのろと細く開いていく。机と椅子がドアに押されて動くと、脚が床にこすれてうめくような音を立てた。

「私たちのあいだに障害物を作ったんだね、いとしいルミッキ。すでにすべての障害が取り除かれたと思っていたが」

〈影〉はあえぎ、苦労しながらも少しずつドアを押し開けていった。椅子と机がいくつかひっくり返った。大きな音が教室と廊下に響く。

「助けて！」

ルミッキはもう一度叫んだ。

外では雪が降っていた。軽やかな、やわらかな、白い雪。美しく降る、この冬初めての本格的な雪。

「きみの声など、だれの耳にも届くものか」

〈影〉がいった。しかしその声にはどこか不安げな響きがある。ルミッキの震える体に新たな力がわいてきた。ドアのすきまから教室に押し入ってきても、〈影〉は明かりをつけなかった。あたりを暗いままにして、闇の中にまぎれようとしている。

その瞬間、相手の正体がルミッキにはわかった。頭の中に渦巻いていた霧が晴れていき、自分を悩ませてきた脅迫者がだれだか、悟ったのだ。

ヘンリック・ヴィルタ先生。心理学の教師。

衝撃がルミッキを貫いた。ヘンリック先生が、いったいどうやってルミッキの個人情報をこれほど多く集めることができたのだろう？　いつも思いやりにあふれ、親身になってくれると思っていた先生が、いつのまにここまで狂気に満ちた残酷な人物になったのだろう？しかし、疑問の数々を頭の中でこねくりまわしているひまは、ルミッキにはなかった。ヘンリック先生が、机や椅子を怒りにまかせてなぎ倒しはじめたのだ。

「男を惑わす妖女（ようじょ）め！」彼はわめいた。「なぜこんなことをする？　私はただ、きみを愛し、守りたいだけだ。あらゆる悪からきみを引き離したい。われわれは同じ魂を持っているんだよ、きみと、私と」

ルミッキはホッチキスをつかむと先生に向かって力いっぱい投げつけた。相手はぎりぎりのところでかわし、ホッチキスは壁に当たった。

「狙いを外したね」

ヘンリック先生は満足げにいった。

「あんたの精神分析こそ、外してるわよ」ルミッキは思わず言い返した。「あんたとあたしには似たところなんかない。あたしのことなんて、あんたはぜんぜんわかってないし、今後理解することもない。それに、そんな感情は愛じゃない。そんなのはただの病的な妄想よ」

ルミッキの恐怖は消え去っていた。〈影〉の正体がヘンリック先生で、こちらの思考や感覚の奥底まで見通してなどいないと気づいた瞬間、恐怖は消えたのだった。ルミッキの心の

12月15日 金曜日 未明

いちばん深い部分、ルミッキの核をなす部分に、この男の手は届かない。けっして届くことはないだろう。

「私のものにならないなら、だれのものにもなってはいけない」

先生の声は調子が変わり、低く静かになっていた。相手が本気だということが、ルミッキにも伝わってくる。つかまったら、殺されるかもしれない。

穴開けパンチを引っつかんだ。先生に向かって投げつける。今回はうまくよけることができず、先生のこめかみにパンチの角が当たった。先生は驚いたように片手を上げると、顔に触れた。

「いまや、私は心臓以外の場所からも血を流している」

先生がささやく。

その大げさな言葉づかいに、ルミッキは吐き気を覚えた。まるで、なにかの芝居に出演していて、できるかぎり陰鬱で常軌を逸したせりふをいわなければならない、とでも思っているかのようだ。

「助けて!」

ルミッキはもう一度叫んだ。すでに声がかすれている。

ヘンリック先生は最後に残っていた机を押しのけた。あとほんの数歩で、ルミッキのところまで来てしまう。

「きみは逃げられない」うめくようにつぶやいている。「なぜ私にその身をゆだねないのか、私には理解できない」

死んでもそんなことをするものか。ルミッキは心の中でいいながら、窓枠によじ登った。

「なにをする？」

先生の声がふいにうろたえた響きを帯びた。

ルミッキは腰を落とし、窓枠の端へにじり寄った。それから、冷たい窓枠に手をかけると、窓の外側にぶら下がった。ちらりと下を見る。かなりの高さがあった。あまりに高い。しかし、ほかに選択肢はない。

「気でもくるったのか！」

ヘンリック先生がどなった。

「それはこっちのせりふよ」

ヘンリック先生の手が指先に触れるのを感じたが、そのときにはもう、ルミッキの手は窓枠を離れ、その体は降りしきる雪片にまとわりつかれながら地面に向かって落下していた。頭の中では可能なかぎり力をぬいて着地しようと考えながら。

降り積もったばかりの雪の上にあおむけに倒れたルミッキは、ほんの一瞬、どこも痛くない、と思った。雪片が、完璧なダンスを踊りながら顔に降りかかり、頬の上で溶けていく。

次の瞬間、痛みが襲いかかってきた。

12月28日

木曜日

19

二週間後。

最初は手だけを動かした。ゆっくりと時間をかけて、静かに両腕を伸ばし、耳の近くまで持ってきてから、脇腹のところまでもどす。体の下の雪はふわふわして、やわらかかった。ルミッキの動作にやすやすと従い、移動してくれる。そこまでやったところで、足も動かさなくてはいけないことを思いだした。

最後にこんなことをしてから、もうかなりの年月が流れている。最後にしたのは、小さな子どもだったころだ。学校に上がる前だったろうか。たぶん、そうだろう。小中学校に通っているあいだ、ルミッキはいじめによって幾度となく雪面に倒され、そのせいで、自分から雪の上に寝そべりたいとはとても思えなかったのだ。

雪の天使。

雪の上にあおむけに寝そべり、手足を動かして、雪面が体の重みでへこんだ跡を天使の姿に見立てる遊び。腕の動きが翼を生みだす。足の動きが天使の衣装のすそを描く。それが結局は雪面にできたくぼみのことでしかなくても、雪の天使というのはやはり美しい言葉だった。

雪の天使。いつか、ローサとふたりで、庭いっぱいにいくつも雪の天使を作ったことがあった。夜、ベッドに入ってから、ローサは天使の一群のお話を聞かせてくれた。庭の雪の上に、天使たちひとりずつの寝場所を用意しておけば、天使たちは真夜中に空から庭に下りてきて、そこで眠るのだという。ローサは、光り輝く天使たちがやってくるまで、起きて見張っている、といった。

天使が来たらあたしのことも起こしてね、とルミッキは頼んだ。ローサは起こしてあげると約束してくれ、ルミッキの手を取った。そうしてルミッキは、ローサの温かな優しい手に片手を握られながら、夢の世界へと滑り落ちていったのだった。

ルミッキの目の端から涙があふれ、耳のほうへ伝い落ちていく。

思い出は日ごとによみがえってきた。まるで、ルミッキの中に、数えきれないほどの引きだしを持つ小さな戸棚があるようだった。引きだしは、ひとつ、またひとつと開いていった。何年ものあいだ鍵がかかっていた引きだしのすべてが。

12月28日 木曜日

むかしむかし、秘密の少女がいました。

むかしむかし、存在しない少女がいました。

ローサの存在はもはや秘密ではなかった。すでにこの世にはいなくても、思い出や写真や会話の中に、ローサは生きている。もう、存在を消し去られた少女ではないのだ。姉の存在そのものを隠されていたという事実は、ルミッキにはいまでも理解しがたかった。ぞっとするほどひどい仕打ちだと思う。そんなことをした両親の判断は、今後も受け入れられないかもしれなかった。

ママとパパは、ショックと悲しみでうろたえ、混乱したまま、そうしようと決めたのだった。ふたりとも、本当にルミッキがローサを殺してしまったと思っていたのだ。もちろん故意ではなく過失で、おそらくは遊んでいる最中の事故だったと思い込んでいたという。イェンニカの証言がそう考える根拠になり、児童心理学の専門家たちも、ルミッキがやったのではないことを裏づける言葉を、三歳のルミッキから引きだすことはできなかった。ルミッキは、〝死んだ人ごっこ〟をしていた、と繰り返すばかりだったのだそうだ。

姉を殺してしまったという罪は、幼い子どもが背負うにはあまりに重すぎると、ママとパパは考えた。それで、過去のその部分はすっかり取り除き、なかったことにしようと決めたのだ。しかしルミッキは、むしろ過去と向き合う力を持たなかった両親自身の問題ではないか、と思った。ふたりが娘を失ったのは事実だ。そんな娘は初めからいなかったことにしてしまえば、たしかに楽だったろう。ふたりはただ、現実を脇に押しやっただけだったのだ。

耐えることができなくて。

　そうしてふたりは、新たな家庭を築くかのように、子どもがひとりしかいない家族をつくりあげたのだった。ローサに関するものはほぼすべて処分した。写真だけは手元に残し、娘たちが宝物の箱にしていた衣装箱に隠した。それまで暮らしていたトゥルク市からも離れた。さらにふたりは、親戚中に頼み込み、ローサにまつわることは一言も口にしないと約束させた。沈黙の誓い。物言わぬ家族。そんな状態がいままで破綻せずに続いたなんて、どうかしている。

　最初のうちはルミッキもローサのことをたずねたが、だれからも返事をもらえず、おねえちゃんなんかいないでしょ、といわれつづけるうちに、なにもいわなくなった。ママもパパも、ルミッキが忘れてしまったと思っていたという。子どもの記憶はすぐに消えてしまうものだから。たしかにルミッキは忘れていた。何年ものあいだ。

　しかし、過去を完全に消し去ることなどできはしない。人の中には、すべての経験の痕跡（こんせき）が残っているのだ。

　ローサの死にまつわる一連の出来事の結果、パパはしばらくのあいだ仕事ができない状態に陥った。ひとりでプラハへ旅したパパは、これからの人生をどうしたいのか、旅先で思いをめぐらせたという。両親は一時、離婚も考えたのだそうだ。

　ルミッキはそのことを初めて知った。

一家の収入は激減し、それまでトゥルク市で住んでいたような、大きな美しい一戸建ての家で暮らしつづけることはできなくなった。三人は大切なことを口に出さない家族になっていった。三人とも、舞台の上で家族の演技をしているだけになったのだった。

話は四日前、クリスマス・イブの夜にさかのぼる。

ルミッキはソファーにすわって、暖炉の上の棚を眺めていた。そこにはこれまで、この家のひとり娘の写真が飾られていたが、いまではひとりでなく、ふたりの娘の写真が置いてある。これがあるべき姿だったのだ。もう、ずっと以前から。

ママがルミッキにグロッギのカップを持ってきてくれた。クリスマスに欠かせない、スパイスで風味をつけたホットワインだ。クリスマスのディナーは、先ほど家族そろってすませたところだった。

ママはおずおずと、探るように手を伸ばしてきて、ルミッキの髪をなでた。どんなに長く言葉を重ねるよりも、その手は多くのことを語ってくれた。ママの手は、本当の意味で母親としてルミッキに接してあげられなかった長い歳月を許してほしい、といっていた。

『きよしこの夜』のメロディが流れてくる。

パパは歌に合わせて静かにハミングしていた。その頬を涙が伝い落ちているのに、ルミッキは気づいた。パパが泣いているのを見たのはそれが初めてだった。少なくとも、思いだせるかぎり初めてだ。いつかはルミッキも、こんなとき自然に立ちあがり、アームチェアにすわっているパパに歩み寄って、しっかりと抱きしめ、なぐさめてあげることができるようになるかもしれない。いまはまだ、できないけれど。

いまでも三人は物静かで無口な家族だった。何年ものあいだ続いてきた沈黙は、二週間かそこらで消えたりはしない。しかし、この家を包む静けさの色合いは、これまでとまったくちがう、穏やかでいつわりのないものに変わっていた。もう、重苦しくて人を窒息させそうな沈黙ではない。沈黙は、口から押し入ってのどをつまらせたりせず、その中で息をすることも、くつろいでいることもできたし、いつか時が来れば言葉が交わされるようになるだろうと思わせてもくれた。

ルミッキは窓から落ちたときのことを思い返していた。幸いにも、夜遅くに犬の散歩をしていた人が、ちょうど学校の脇を通りかかったところだった。その人がすぐに救急車を呼んでくれ、ルミッキは病院に搬送されたのだった。青あざができ、ねんざもしていたが、骨はどこも折れておらず、奇跡的に軽傷ですんだ。一週間ほど首にギプスをはめなくてはならなかったが、たいしたことではない。

ママとパパが病院に駆けつけると、ルミッキはふたりにすべてを話した。ローサの死はたしかに事故だった。それを両親が理解したとき、消毒薬のにおいのする病室の壁は安堵（あんど）に包まれた。ふたりはイェンニカにも連絡を取った。長い年月のあと、ようやく真実を話すことができて、イェンニカもまた苦しみから解放された。うそをついたことは、彼女の心にも重くのしかかっていたのだ。

ローサの死は不幸な事故であり、だれの責任でもなかった。もしもあのとき、と仮定の話ばかりしていても、ローサは帰ってこない。その事実を理解し、受け入れたことで、事故に関わったすべての人々が救われた。これからは、だれもが少しずつ、一歩ずつ、押し殺してきた過去を人生にとりもどし、自分自身の中によみがえらせていくにちがいない。

ルミッキは温かくて甘いグロッギをすすり、スパイスの風味を味わっていた。シナモン、クローブ、ジンジャー。天井から吊り下げたむぎわら細工のオーナメントが、ゆっくりと眠たげに揺れている。外では白い雪が降っていた。クリスマス・ソングのアルバムはじきに最後の一曲を奏で終え、ベッドに入る時間になるだろう。

本当に久しぶりに、悪夢を見ず、心の底から安心してぐっすり眠れそうだと、ルミッキは思った。


雪の上に寝そべったまま、ルミッキは雪の天使を描きつづけて、翼の形を整えた。心の中ではヘンリック・ヴィルタのことを考えていた。

〈影〉。脅迫者。妄想にとりつかれた男。逮捕されてようやく、あの男が抱えていた激しい狂気の全容が明らかになった。

12月28日 木曜日

ルミッキが窓から落ちると、ヘンリックは学校を飛びだして自宅へもどった。その数時間後、警察が彼の自宅に踏み込んだ。警察官らが目にしたのは、ベッドで意識を失っているヘンリックの姿だった。睡眠薬を大量に服用していたのだ。しかし、医師の処置によって一命は取りとめた。

当初、ヘンリックの自宅からは証拠となるものがなにも出てこなかったが、やがて、屋根裏に〝ルミッキの部屋〟が作りあげられているのが発見された。小部屋の外側は段ボールで覆われ、中が見えないようにしてあったという。

その後、ヘンリックの取り調べが開始されると、彼のルミッキに対する異常な執着は、二年以上前、ルミッキが高校に入学したときからすでに始まっていたことが明らかになった。ヘンリックには長年事実婚の関係にあったパートナーの女性がいたが、彼女に突然別れを告げられて、精神のバランスを崩していた。そんなとき、生徒たちの中でひときわ目を引くルミッキに出会った彼は、愛情を抱きはじめてしまう。そしてルミッキに関する情報を集めはじめたのだ。

ヘンリックは信じがたいほど粘り強く、しぶとくて、邪悪だった。彼は中学校時代のルミッキを知る人々に接触し、話を聞きだした。そして、かつてのクラスメートたちの話から、ルミッキが学校でいじめを受けていたらしいとかぎつけたのだ。次に彼がとった行動は、いじめを働いていた連中の名前を特定し、いじめの程度がどれくらいだったか明らかにすることだった。

ヘンリックには、人に強い印象を与える才能があった。落ち着いた物腰の、カリスマ性のある人物で、信頼できそうな雰囲気を漂わせている。ときには本名を名乗り、ときには取材の記者やルミッキの学校のカウンセラーやセラピストを装って、人々に近づいた。するとだれもが彼を信用した。

ヘンリックはルミッキの親戚も見つけだし、接近した。

そして、とうとうある晩、パパのいとこのマッツ・アンデションが、ヘンリックと酒場で飲んだ挙げ句、秘密を漏らしたのだ。ルミッキには姉がいたが、死んでしまったと。ヘンリックはあらゆる手段と人脈を駆使し、ついにローサの死に関する警察の調書を入手することに成功した。

有力な人脈を持つ人々は、どこにでも存在している。ましてフィンランドは小さな国だ。なにかを知りたいなら、意志の強さとずる賢さが十分にあればそれで足りる。ヘンリックは、その目的がなんであれ、持てる知能と人間的魅力のすべてを駆使して、どれほど長い時間がかかろうと必ず目的を達成しようとする、異常な精神の持ち主だった。

ルミッキがサンプサと付き合いはじめたことが、ヘンリックが実際に動きはじめるきっかけとなった。彼の妄想は異様なまでに大きくふくらんだ。どんな手を使おうともルミッキを自分のものにしたいという底なしの欲望が、彼の中に生まれたのだ。

ルミッキのすべてを知りたい、所有したい、持てる情報の力で彼女を支配したい——それは、力ずくで他者から主導権を奪うことに喜びを感じるヘンリックの、病的なゲームの一部でもあった。

ヘンリックはルミッキの身辺を探るようになった。ルミッキの様子を目で追いつづけ、こっそりあとをつけ、一挙一動を監視した。

彼が取った最も恥知らずな行動は、ルミッキの両親を訪ねていったことだ。高校でカウンセラーの仕事もしているといいつわり、ルミッキから陰惨な考えが頭に浮かぶと相談を受けている、とうそをついたのだ。その上で、ルミッキには自分が来たことをだまっていてほしいと頼み、両親の口を封じた。

ルミッキの両親の家を訪ねた際、ヘンリックは写真を収めた衣装箱の鍵を盗みだした。鍵の隠し場所は、パパのいとこのマッツ・アンデションが明かしていたのだった。

ヘンリックがなにをしたのか、そのすべてはルミッキには知るよしもなかった。知りたいとも思わない。重要なのは、あの男がすでに逮捕され、もうルミッキをおびやかすことはない、という事実だった。

『黒いリンゴ』の初日は延期になったが、クリスマス休暇に入る前日に上演の運びとなった。ルミッキ自身、さまざまなことがあったとはいえ、やはり上演したいと望んだのだ。ルミッキは首にギプスをはめたまま主役を演じたが、芝居は結局、みんなの予想をはるかに超える大成功を収めて初日の幕を下ろした。

芝居が初めて上演されたその夜は、ルミッキにとって大切な夜だった。ヘンリックが描きだしてみせた恐怖の場面は、現実にはならなかった。それを自分の目で確認できて、よかったと思った。あんなものは病んだ心が生みだした妄想でしかない。幸いなことに、その妄想は現実にならずにすんだのだった。


ルミッキは背中が冷たいとは感じていなかった。いまのところはまだ。しばらくのあいだ寝転がったままで、澄んだ星空を眺めていたかった。頭上に広がる空は暗く、はるか彼方にあって、光の点がいっぱいにちりばめられている。

人は死んだら天使になる、などという話を、ルミッキは信じていなかった。ローサがどこか遠くから自分を見守っているなんて思えない。死後の命なんて、少なくとも現世と同じ形の命が死後にも存在するなんて、信じがたい。

そう考えても、ルミッキの心は沈まず、悲しくもなかった。命とはそういうものだ。人の一生には始まりと終わりがあり、その長さは限られている。けれど、一生のうちには驚くほど多くのことが起こりうる。息を一回吸うたびに、想像できないくらい多くのものを吸い込んでいるのだ。

もしも、ちがう決断をしていたら、とルミッキは考えた。ちがう決断をしていたら、いまごろはサンプサと手をつないで雪に寝そべっていることができただろう。

もうひとつの別な道を選んでいたら、雪の上で手をつないでいる相手はリエッキだったはずだ。

いま、ルミッキの手は空っぽだった。彼女はひとりだった。

サンプサには、どうしても告げなければならなかった。これ以上、続けることはできないと。サンプサのことは本当に好きだし、一緒にいると楽しいし、ルミッキはルミッキなりに彼を愛した。けれど、サンプサの目は一度として、ルミッキの心の奥底を、森の暗がりを、のぞき込んではくれなかったのだ。サンプサの目には見えないだろう。そんなものは彼の中に存在しないのだから。サンプサの世界はもっと明るくて、ルミッキの世界とはちがうものなのだ。

ルミッキはリエッキにも告げるしかなかった。もう元にはもどれないと。ルミッキが愛したのはリエッキだし、たぶんいまでも、心の底から、情熱のかぎりを傾けて愛している。リエッキの目は、ルミッキという人間をそっくりそのままとらえ、すみずみまで見ぬいてくれた。けれどリエッキの一面は、あまりにも深くルミッキを傷つけてしまう。ルミッキにはもう、その危険に身を投じることができなかった。

しかし、ルミッキがサンプサとリエッキの双方に別れを告げた最大の理由は別にあった。

それは、ふたりのことを真の意味で信頼していない、という自分の気持ちだった。

ルミッキはふたりのことを、脅迫者ではないかと疑ったのだ。その疑念は、夜のサルカンニエミ遊園地でほんの一瞬頭をよぎっただけだったし、すぐに消えてなくなった。それでも、ふたりを心の底から信頼しているわけではないことを、その疑念が物語っていた。

そんな相手のそばにいることが、相手の目を見つめることが、できるだろうか。ほんの一瞬であっても、あれほど邪悪で残酷なことをする人かもしれないと疑った相手なのに。相手にとっても、そんな疑いを抱いた人間と一緒にいなければならない理由はないはずだ。

涙がとめどなく流れつづけている。ルミッキはそれを止めようとしなかった。

泣いている理由はいくつもあった。

死んでしまった姉を思って、ルミッキは泣いた。長い年月、その死を悲しむことすらできなかった姉。

家族を思って泣いた。うまくいっている家族が持つはずのぬくもりや信頼やたしかなきずなを、自分の家族はついに得られないかもしれない、と思いながら泣いた。

幸せと愛を手放さなければならなかった、そのことでもルミッキは泣いた。

そして、たったひとりになったことを思い、泣いていた。

ふいに星空が、さっきより近くに感じられた。はるかな彼方にある星たちが、ますます強く、ルミッキを勇気づけるようにきらめいている。

宇宙はこんなにも広い。いつしかルミッキの涙は止まっていた。心が急に軽くなった。世界の前では、ルミッキの存在など取るに足りない。この宇宙では、結局のところだれもがひとりきりであり、同時に、だれもひとりぼっちではないのだ。あらゆるものが同じ元素でできているのだから。ルミッキの中には強さと弱さが同時に存在している。水晶と岩、波と岸辺の葦、草と朽ちていく落ち葉、太陽の熱い核と宇宙の冷たさが。

ルミッキの中には、何千年も語り継がれてきたおとぎ話のように、さまざまな層が重なり合い、あちこちへ伸びていく枝が隠されている。〝むかしむかし〟という言葉が語られるずっと前に始まっていて、〝ふたりはいつまでも幸せに暮らしました〟の一文が終わってからも、まだ長く続く物語のように。

そう、本当は、たった一度きりで終わってしまう物語などないのだ。すべての物語は、形を変えながら、幾度となく繰り返される。死ぬまでただ幸せに暮らすだけで終わる人生はない。ただ不幸なだけの人生もないのだ。だれの人生にも、幸せと不幸せが、ときには別々に、ときには同時に訪れる。

これがルミッキの世界だった。その闇と光は、熱情と恐怖、絶望と歓喜をはらむ可能性を秘めている。その空気はルミッキの肺を満たし、ルミッキを酔わせた。星空に抱かれて、ルミッキは完全な自分になっていった。あるべき自分に近づいていった。ルミッキは自由だった。

雪で覆われた大地に手のひらを押しつけながら、新雪の一部になってしまいたいとルミッキは思った。雪の中に溶け込み、ほかの雪片たちとひとつになってしまいたかった。

軽やかな夜風が公園の空を吹きぬけて、木々の黒い枝と、雪面に落ちる影を揺らした。

ルミッキのまわりで、世界が息づき、脈打っている。まるで、それが世界でたったひとつの鼓動であるかのように。

それはルミッキ自身の鼓動だった。

訳者あとがき

これはクールでストイックな現代の白雪姫の物語だ。

三部作の主な舞台は北欧の国フィンランド。主人公の名ルミッキはフィンランド語で〝白雪姫〟のことである（〝ルミ〟が〝雪〟の意）。このヒロインは、名前こそだれもが知る可憐なお姫さまと同じだが、そのタフで自立したキャラクターも、彼女を取り巻く環境も、おとぎ話とはだいぶちがう。

冬の北欧ならではの、厳しい寒さと陰鬱な暗さに支配された風景の中、彼女はあるときは犯罪者に追われ、あるときはストーカーからのメッセージに翻弄されて、ひた走りに走る。夏休みに訪れたチェコの首都プラハでは、謎の女性との出会いがきっかけでとある事件に巻き込まれ、のんびりと休暇を過ごすはずだった美しい中欧の古都を、命がけで疾走することとなる。

幾度となく絶体絶命の窮地に陥るルミッキだが、そのたびに彼女が見せる心身の強靭さには舌を巻く。王子の花嫁に選ばれて喜ぶお姫さまとはまったく異なる、闘士と呼ぶにふさわしいヒロインがこの作品の白雪姫（ルミッキ）だ。

しかし彼女は、他人の目が容易に届かない心の奥に、さまざまな弱さを秘めてもいる。過去の壮絶な体験からくる人と接することへの恐怖、かつて愛した人への断ち切れぬ思い。なぜかよそよそしい両親との仮面家族のような関係には、自分で思っている以上に深く傷ついている。そんな、強さと弱さをあわせ持つヒロインの個性が、この物語に独自の色彩を与えている。

フィンランドの統計資料によると、過去百年ほどのあいだに、〝ルミッキ〟と名づけられた女の子が実際に四百数十人いたという。けっして多い数ではないが、おとぎ話のお姫さまの名をわが子につけた親たちは、どんな思いで命名したのだろう。この物語のルミッキの場合、パパとママがなぜこの童話由来の愛らしい名を娘に与えたのか——それは、三部作を最後までお読みくださった読者にはおわかりのことと思う。

作者はあるインタビューで、ドイツの書店を訪れた際に若い読者向けのサスペンスやミステリがたくさん並んでいるのを目にし、なぜフィンランドでこのジャンルが書かれないのか不思議に思ったと語っており、それが「ルミッキ」三部作を生み出すきっかけのひとつになったようだ。

作者サラ・シムッカは一九八一年生まれ。「ルミッキ」の舞台、タンペレ市に在住している。ヤングアダルト向けの小説を多く手がけ、二〇一二年に発表した〝Jäljellä〟（仮題『取り残されて』）と続編の〝Toisaalla〟（同『もうひとつの場所で』）でトペリウス賞を受賞。この賞はフィンランドで最も長い歴史を誇る児童文学賞である。二冊でひとつの物語を語るこの作品は、ごく近い未来のフィンランドを舞台に据えているが、やはりタンペレの町が登場し、作者の地元愛がひしひしと感じられて興味深い。

タンペレはフィンランド南西部に位置する人口二十二万ほどの都市である。フィンランドの人口が五四〇万であることを考えれば、この国有数の大都市であることがおわかりいただけると思う。

工業都市として発展してきたタンペレは、ふたつの湖に南北からはさまれ、湖同士を結ぶタンメルコスキ川が町の中心部を流れていて、大きな都市でありながら豊かな水と緑が身近に感じられる町だ。

ルミッキが川のほとりで運命的な出会いを経験したり、考えごとをしながら川に架かる橋を渡ったり、また湖畔のサウナを訪れ、湖の氷にあけた穴で寒中水泳を楽しむといったシーンからは、水辺が暮らしの中に息づいていることが感じられると思う。物語に登場する遊園地や図書館、広場に墓地、デパートや通りの名前などは実際のタンペレの町並みと基本的に同じで、ルミッキの通う高校も実在の高校がモデルになっている。

さらに作者は、ブタの血を入れた黒いソーセージのムスタマッカラや、ピューニッキ展望台の名物とされるドーナツなど、地元グルメも作中でしっかり紹介してくれている。いまどきはインターネット検索で容易に写真や動画を見つけられるので、ぜひ検索窓に〝Tampere

（タンペレ）〟〝Tammelantori（タンメラ広場）〟〝Pyynikki（ピューニッキ）〟などと入力して画像や地図を検索し、現地の雰囲気を味わってみてほしい。黒いソーセージに興味のある向きは〝mustamakkara（ムスタマッカラ）〟で検索をどうぞ。なかなかインパクトのある画像が目に飛び込んでくる。

第二巻で、プラハを訪れたルミッキが摂氏三十度に届かない気温で暑さにあえいでいる様子に、猛暑の国・日本の読者はもしかすると違和感を覚えただろうか。しかしタンペレ市の場合、最も気温が高くなる七月でさえ平均気温は二十度を下まわっている。そんな環境から来たルミッキにとって、六月の中欧は殺人的な暑さだったのではないだろうか。国土の四分の一ほどが北極圏に位置するフィンランドの気候は冷涼で、また夏は白夜のため夜中になっても明るいが、冬になれば太陽がなかなか顔を出してくれず、あたりは闇に包まれる。きりりと澄みきった空気の清冽（せいれつ）さ、光と闇の強烈なコントラストは、本作のヒロイン、ルミッキの個性の中にそのまま投影されているように思う。

作中、たびたびスウェーデン語が出てくることを不思議に思った読者もおいでになるかもしれない。この物語では、主人公ルミッキの父方の親戚が、フィンランド人だけれどもスウェーデン語を話す人々だ、という設定になっている。

ここでフィンランドの言語事情について簡単に説明しておきたい。スウェーデン語は、フィンランド語と並んでフィンランドの公用語とされている言語だ。これには、かつてフィンランドがスウェーデン王国の一部だったという歴史的な背景がある。ただしこのふたつの言語は互いにまったく似ていない。スウェーデン語を母語とする人々は人口の五パーセント強と少数派で、その多くが、南西部の海岸沿いやその沖の群島など、西の隣国スウェーデンに近い地域で暮らしている。

ルミッキのパパの親戚も、スウェーデンとの中間地点に当たるオーランド諸島に住んでいたり、サマーコテージを構えたりしているようだ。スウェーデン系の人々には独自の風俗習慣がある。「ルミッキ」第三巻の本書で紹介される十二月十三日のルシア祭や、第一巻の夏至祭のシーンに出てくる飾り柱がその例だ。

作中でルミッキが作品を読んでいる女性詩人エディス・セーデルグランや、日本で知らぬ人のいない「ムーミン」の作者トーベ・ヤンソンも、スウェーデン語を母語とするフィンランド人だった。

フィンランドは小さな国だが、一歩中に踏み込んでみると、多様性を持つユニークな国なのだ。そんなこの国の事情の一端も、ルミッキの物語から感じとっていただければうれしく思う。

二〇一五年十一月

古市　真由美

サラ・シムッカ　Salla Simukka

1981年生まれ。作家、翻訳家。“Jäljellä”と続編“Toisaalla”（未邦訳）で2013年トペリウス賞を受賞し、注目を集める。おもにヤングアダルト向けの作品を執筆し、スウェーデン語で書かれた小説や児童書、戯曲を精力的にフィンランド語に翻訳している。また、書評の執筆や文芸誌の編集にも携わるなど、多彩な経歴を持つ。本作のおもな舞台であるフィンランドのタンペレ市に在住。

古市　真由美　（ふるいち・まゆみ）

フィンランド語翻訳者。茨城大学人文学部卒業。主な訳書に、レヘトライネン『雪の女』（東京創元社）、ロンカ『殺人者の顔をした男』（集英社）、ディークマン『暗やみの中のきらめき　点字をつくったルイ・ブライユ』（汐文社）など。

ルミッキ3　黒檀（こくたん）のように黒く

2015年12月9日　初版第1刷発行

著　者＊サラ・シムッカ

訳　者＊古市真由美

発行者＊西村正徳

発行所＊西村書店 東京出版編集部
〒102-0071 東京都千代田区富士見2-4-6
TEL 03-3239-7671　FAX 03-3239-7622
www.nishimurashoten.co.jp

印刷・製本＊中央精版印刷株式会社

ISBN978-4-89013-967-5　C0097　NDC993

国際アンデルセン賞画家、イングペンによる表情豊かな挿し絵。
カラー新訳 豪華愛蔵版！

L・キャロル［作］ R・イングペン［絵］ 杉田七重［訳］
A4変型判・各192頁●各1900円

不思議の国のアリス

アリスがウサギ穴に落ちると同時に、読者もまた想像の世界へ。第一級の児童文学として、世界中で愛されつづける冒険物語が、読みやすい新訳で登場。

鏡の国のアリス

鏡を通り抜けて、チェスの国へ。アリスはハンプティ・ダンプティやユニコーンたちに出会いながら、チェスの女王になることをめざして進みます。『不思議の国のアリス』の続編です。

グリム童話全集 子どもと家庭のむかし話

C・デマトーン［絵］ 橋本 孝／天沼春樹［訳］
A4変型判・628頁●3600円

カラー完訳 豪華愛蔵版

本作でオランダ・銀の絵筆賞に輝いた画家による美しい挿画の数々。読みやすい新訳で1巻に全210話を収録した完訳決定版！

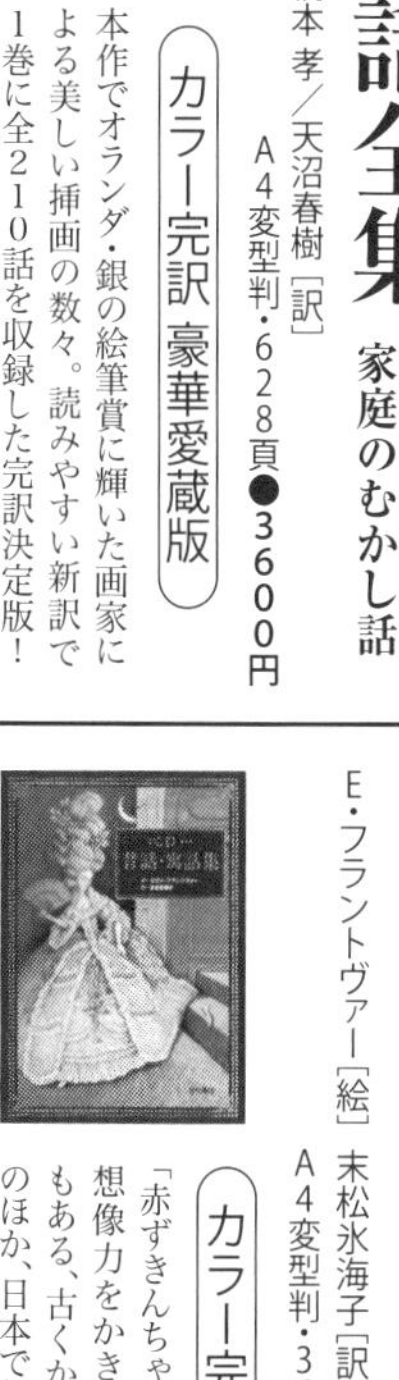

アンデルセン童話全集〈全3巻〉

D・カーライ／K・シュタンツロヴァー［絵］
天沼春樹［訳］
A4変型判・536〜576頁●各3800円

カラー完訳 豪華愛蔵版

国際アンデルセン賞受賞画家とその妻がアンデルセンの童話156編すべてに挿し絵を描いた渾身の作。カラー完訳全3巻！

ペロー昔話・寓話集

E・フラントヴァー［絵］ 末松氷海子［訳］
A4変型判・368頁●3800円

カラー完訳 豪華愛蔵版

「赤ずきんちゃん」「眠れる森の美女」等、想像力をかきたてる、けれども現実味もある、古くから語り継がれてきたお話のほか、日本で初訳となる作品も収録。